피버 드림

KB191610

사만타
슈웨블린

피버 드림

SAMANTA
SCHWEBLIN

조혜진 옮김

FEVER DREAM

창비

내 동생 파멜라에게

실로 오랜만에
그는 시선을 떨구어 두 손을 들여다보았다.
여러분도 이런 경험을 해본 적이 있다면
내 말이 무슨 뜻인지 알 것이다.
——제시 볼,『통금 시간』

차례

피버 드림   11

옮긴이의 말   173

일러두기

1. 이 책은 Samanta Schweblin, *Distancia de rescate*(Literatura Random House 2014)를 번역 저본으로 삼았다.
2. 본문 중의 각주는 옮긴이의 것이다.
3. 이 책은 전체가 아만다와 다비드 두 사람의 대화로 이루어져 있다. 한국어판에서는 구분을 위해 각자의 말이 시작되는 부분에 줄표(—)를 표시하고, 원문에서 이탤릭체로 표시한 다비드의 말은 고딕체로 옮겼다. 대화 속 대화는 큰따옴표 안에 옮겼다.

─벌레 같은 거예요.

　　─무슨 벌레인데?

　　─벌레 같은 거요, 어디에나 다 있는.

　내 귀에 대고 속삭이는 건 남자아이다. 질문하는 사람이 바로 나다.

　　─몸에 있는 벌레?

　　─네, 몸에 있는 벌레요.

　　─지렁이 말하는 거니?

　　─아뇨, 다른 종류의 벌레예요.

　어두워서 아무것도 볼 수가 없다. 까슬까슬한 시트가

내 몸 아래에서 구겨진다. 나는 움직이진 못하지만 말은 한다.

──벌레 때문이에요. 참을성 있게 기다려야 돼요. 그리고 기다리면서, 벌레가 생기는 정확한 순간을 찾아내야 해요.

──왜 그래야 하는데?

──중요하거든요, 우리 모두에게 아주 중요한 일이에요.

나는 고개를 끄덕여 동의를 표하려고 하지만 몸이 말을 듣지 않는다.

──집 앞마당에서 또 무슨 일이 일어나고 있나요, 저도 마당에 있어요?

──아니, 너는 없어, 하지만 네 엄마 카를라는 있지. 너희 엄마랑은 며칠 전에 알게 됐어, 우리가 처음 별장에 도착했을 때 말이야.

──카를라는 뭘 하고 있어요?

──방금 커피를 다 마시고 선베드 옆의 잔디 위에 잔을 놓고 있어.

──그리고요?

──자리에서 일어나 걸어가고 있어. 깜빡하고 샌들을

놓고 갔지, 수영장 계단에서 저기 몇미터 떨어진 곳에. 하지만 나는 아무 말도 안해.

— 왜요?

— 그냥 너희 엄마가 어쩌는지 두고 보고 싶어서.

— 그래서 카를라는 뭘 하죠?

— 핸드백을 어깨에 메고 금색 비키니 차림으로 자동차 있는 데가지 걸어가. 우리는 서로에게 끌리면서도 언뜻언뜻 거부감을 느낄 때도 있어. 매우 특정한 상황에서 그런 게 느껴져. 그런데 이런 것까지 자세히 말할 필요가 있어? 우리, 이럴 시간이 있는 거 맞니?

— 보이는 걸 자세히 말하는 게 아주 중요해요. 두분은 왜 마당에 계시죠?

— 방금 호수에서 돌아왔거든. 게다가 너희 엄마가 우리 집에 들어오고 싶어하지 않고.

— 아주머니를 번거롭게 하지 않으려는 거예요.

— 뭐가 번거롭지 않니? 내가 집 안을 여러번 들락날락해야 되잖아. 처음엔 레모네이드를 내오러, 그다음에는 자외선차단제를 가져오러. 이건 번거롭지 않게 하는 게 아

닌 것 같은데.

— 두분은 호수에 왜 가셨어요?

— 너희 엄마가 내가 운전을 가르쳐주길 바라시더라, 늘 배우고 싶었다면서. 하지만 막상 호수에 도착하고 보니 우리 둘 다 그럴 만한 참을성이 없더라고.

— 지금 카를라는 마당에서 뭘 하죠?

— 내 차 문을 열고, 운전석에 올라타서 잠시 자기 핸드백을 이리저리 뒤지고 있어. 나는 선베드에서 다리를 내리고 기다리는 중이고. 날씨가 너무 더워. 이내 카를라는 핸드백을 뒤지는 게 지겨워졌는지 두 손으로 운전대를 꼭 붙잡아. 잠시 그렇게 대문 쪽을 바라보고 있지. 대문 너머 저 멀리 있는 자기 집을 바라보는 걸 수도 있고.

— 그리고요? 아주머니는 왜 아무 말도 없죠?

— 이 이야기에 매여 있으니까. 나는 이야기를 완벽하게 볼 수 있지만 때로는 진전시키기가 어려워. 간호사들이 놓는 주사 때문일까?

— 아니요.

— 하지만 난 몇시간 뒤면 죽을 거야. 그렇게 되겠지, 안

그러니? 그런데도 마음이 이렇게 평온하다니 이상하지.
네가 말해주지 않아도 내가 이미 알고 있어서 그래. 그렇
지만 스스로에게 그렇다고 말하기는 아주 어려운 일이지.

　　──이 중 어느 것도 중요하지 않아요. 우리는 시간을 낭비하
고 있어요.

　　──하지만 사실이잖아? 내가 죽을 거라는 건.

　　──마당에서는 또 무슨 일이 일어나죠?

　　──카를라는 운전대에 이마를 대고 있고, 어깨를 조금
들썩여. 울고 있거든. 네가 보기엔 벌레가 생기는 정확한
순간에 우리가 근접할 수 있을 것 같니?

　　──계속하세요, 세세한 점도 잊지 마시고요.

　　──카를라는 아무 소리도 내지 않지만 내가 자리에서
일어나 그녀에게 걸어가게 만들지. 나는 처음부터 카를라
가 좋았어. 그녀가 땡볕 아래에서 큰 플라스틱 양동이 두
개를 들고 가는 걸 봤을 때부터. 빨간 머리를 틀어올리고
멜빵 청바지를 입고 있었지. 십대 이후로 그런 차림을 한
사람은 처음 봤어. 레모네이드 좀 마셔보라고 권한 사람
도 나고, 다음 날 아침에, 그리고 또 다음 날과 그다음 날

아침에 마테*를 마시러 오라고 초대한 것도 나야. 이런 세세한 점들이 중요하니?

—정확한 순간은 바로 세세한 점에 있어요. 그러니 자세히 **살펴봐야 해요.**

—나는 마당을 가로지르고 있어. 수영장 가장자리를 둘러가면서 큰 창문 너머로 식당 쪽을 바라보며 내 딸 니나가 커다란 두더지 인형을 안고 계속 자고 있는지 살피지. 그러고는 자동차 조수석에 타. 자리에 앉지만 차 문은 열어두고 차창을 내리지. 날씨가 무덥거든. 둥글게 말아올린 카를라의 머리가 약간 처졌더라고. 한쪽이 풀려서야. 카를라는 내가 거기에 있는 걸, 또다시 자기 곁에 있다는 걸 눈치채고 좌석 등받이에 등을 기대고서 나를 바라봐.

"당신한테 이 얘길 하면," 카를라가 말을 꺼내. "더이상 날 만나고 싶어하지 않을 거예요."

나는 무슨 말을 할까 생각해. 가령 "에이, 카를라, 바보 같은 소리 말아요" 같은 말. 그러는 대신 나는 그녀의 발

---

* 남아메리카, 특히 아르헨티나 사람들이 즐겨 마시는 쓴 차.

가락을, 페달 위에서 긴장한 발가락을, 긴 다리를, 가늘지만 탄탄한 팔을 바라봐. 나보다 열살이나 많은 여자가 훨씬 더 아름답다는 게 당황스러워.

"이 얘길 하면," 카를라가 말을 이어. "그 아이가 니나랑 놀지 않길 바랄 거예요."

"하지만 카를라, 내가 어떻게 그러겠어요."

"그렇게 될 거예요, 아만다." 이렇게 말하는 그녀의 두 눈에 눈물이 가득 고여.

"아이 이름이 뭐예요?"

"다비드예요."

"당신 아이예요? 당신 아들인가요?"

그녀는 고개를 끄덕여. 그 아들이 바로 너란다, 다비드.

— 저도 알아요, 계속하세요.

— 그녀는 손마디로 눈물을 닦아. 그러자 끼고 있는 금색 팔찌들이 짤랑짤랑 소리를 내지. 나는 널 본 적은 없었지만, 우리가 임대한 집을 관리하는 헤세르 씨에게 카를라와 친구가 되었다고 말했더니 그분이 바로 널 만나봤냐고 묻더라고. 카를라가 대답했어.

"내 아들이었죠. 지금은 아니지만."

나는 영문을 통 모르겠어서 그녀를 바라보기만 했지.

"이제 그 아이는 내게 속해 있지 않아요."

"카를라, 자식은 평생 가잖아요."

"아니더라고요." 그녀의 대답이야. 그러더니 길게 기른 손톱으로 나를 가리켜. 손가락을 내 눈높이로 들어올려서.

그때 문득 나는 남편의 담배가 있다는 게 생각나서 조수석의 글러브박스를 열고 담배와 라이터를 그녀에게 건네주지. 카를라가 그것을 내 손에서 낚아채다시피 가져가자, 그녀의 자외선차단제 향이 우리 사이에 퍼져.

"다비드가 태어났을 때 그애는 내 인생의 빛이었어요. 나에겐 태양 같았죠."

"당연히 그랬을 거예요." 나는 맞장구를 치지만 이제 잠자코 있어야 한다는 걸 눈치채지.

"나더러 아기를 안아보라고 처음 데려왔을 때 너무 무서웠어요. 아이 손가락이 하나 없다고 확신했거든요." 그녀는 입술로 담배를 물고 옛 기억을 떠올리며 미소 짓더니 담배에 불을 붙였어. "간호사가 마취 때문에 이런 일이

18

가끔 생긴다고 하더군요, 사람이 약간 편집증적이 되기도 한다고요. 아기 손가락이 열개 다 있는 걸 두번이나 세어보고서야 모든 게 괜찮다는 사실이 믿기더라고요. 지금은 다비드가 단지 손가락 한개만 모자라게 할 수 있다면 내가 뭔들 못 내놓겠어요."

"다비드에게 무슨 일이 있나요?"

"하지만 그 아이는 내 태양이었어요, 아만다, 내 달이고 별이었죠. 하루 종일 방긋방긋 웃는 아이였어요. 밖에 나와 있는 걸 가장 좋아했고요. 아주 어릴 때부터 광장이라면 좋아서 정신을 못 차렸어요. 여기선 유모차를 끌고 돌아다니지 못하잖아요? 읍내에서는 그럴 수 있어요. 여기서부터 광장까지는 도로를 따라 여러채의 별장과 오두막 사이를 지나가야 하는데다 길도 진창이지만, 아이가 거기 가는 걸 워낙 좋아해서 세살 때까지는 열두 블록을 안아서 데려가곤 했어요. 미끄럼틀이 보이면 아이가 환호성을 지르기 시작했죠. 이 차엔 재떨이가 어디 있나요?"

"계기판 아래 있어요." 나는 재떨이를 꺼내서 카를라에게 건네줘.

"그러다 다비드가 병이 났어요, 그 나이에요. 대략 6년 전쯤 일이에요. 힘든 시기였죠. 내가 소토마요르 씨의 농장에서 일을 시작했을 때였어요. 내 평생 처음으로 일을 하는 거였고요. 회계 업무를 보았는데 사실 전혀 회계 일 같지 않았어요. 소토마요르 씨의 서류를 정리해서 보관하고 그분이 셈하시는 걸 도왔다는 게 맞겠네요. 하지만 즐거웠어요. 읍내를 돌아다니며 여러 업무를 처리했죠, 옷을 잘 차려입고요. 당신처럼 수도에서 온 사람에게는 다르겠지만 여기에선 멋을 내려면 뭔가 구실이 있어야 돼요. 일은 완벽한 구실이 되어주었죠."

"남편분은요?"

"오마르는 말을 길렀어요. 네, 맞아요. 그땐 완전히 다른 사람이었죠, 오마르가."

"어제 니나랑 좀 걸으려고 외출했을 때 남편분을 본 것 같아요. 픽업트럭을 몰고 지나가셨어요. 우리가 손을 흔들어 인사했는데 아무 반응도 안 보이더라고요."

"맞아요, 오마르가 지금은 그렇게 되었죠." 카를라는 고개를 저으며 대답하지. "내가 그이를 만났을 땐 그이가 아직 빙긋이 웃던 때였어요. 경주마를 사육하고 있었고요. 호수를 지나 마을 반대편에서 말을 사육했는데 내가 임신하자 모든 걸 지금 우리 있는 곳으로 옮겨왔죠. 여기 있는 집은 내 부모님 집이었어요. 오마르는 크게 성공해서 우리가 돈방석에 앉게 되면 집을 싹 뜯어고치자고 말하곤 했어요. 나는 바닥에 카펫을 깔고 싶었어요. 정신 나간 생각이었죠, 지금 사는 곳을 감안하면. 하지만 정말 그러고 싶었어요. 오마르는 훌륭한 품종의 멋진 암말이 두마리 있었는데 그 둘한테서 트리스테사 카트와 가무사 피나*가 태어났죠. 이미 오래전에 팔려서 경주에 참가했고, 지금도 여전히 팔레르모와 산이시드로 경마장**에서 뛰고 있어요. 그뒤에도 암컷 두마리랑 수컷 한마리가 더 태어났는데 걔들은 이제 이름도 기억이 안 나네요. 그 사업에서 성공하려면 좋은 종마가 필수라 오마르는 최고로 좋은 말을 빌렸어요. 그이는 땅 한쪽에 암말을 키울 울타리를 둘러치고, 그 뒤쪽엔 망아지를 키울 우리를 만들었어요. 알

* 둘 다 아르헨티나의 유명한 경주마 이름.
** 둘 다 부에노스아이레스에 위치한 유서 깊은 경마장.

팔파*도 심고요. 그다음엔 좀더 차분하게 시간을 들여 마구간을 지었어요. 오마르가 종마 주인에게 종마를 빌려달라고 하면 주인이 이삼일 빌려주는 것으로 거래가 성사돼요. 망아지가 팔리면 그 돈의 4분의 1은 종마 주인에게 갔어요. 그건 큰돈이에요, 종마가 훌륭하고 잘 보살핀 망아지는 한마리에 20만에서 25만 페소에 팔 수 있거든요. 그래서 때마다 그 복덩이 종마를 빌렸죠. 오마르는 하루 종일 종마를 지켜보았고 좀비처럼 따라다니며 종마가 각 암말에 몇번이나 올라탔는지 적어두곤 했어요. 외출도 내가 소토마요르 씨의 농장에서 돌아올 때까지 기다렸다가 했어요. 그러면 그때부턴 내 차례가 됐죠. 그래봤자 이따금 부엌 창문으로 흘깃 내다본 게 전부지만. 어땠을지 짐작이 되시죠. 어느날 오후에 설거지를 하다가 한동안 종마가 보이지 않는다는 걸 알아차렸어요. 다른 창문으로 가서 내다보고, 또다른 창문으로 가서 집 뒤쪽을 살펴봤는데 아무것도 없는 거예요. 암말은 있지만 종마는 코빼기

* 주로 가축 사료용으로 재배하는 콩과의 풀.

도 보이지 않더라고요. 나는 다비드를 데리고 집 밖으로 나가요. 그 아이는 그 무렵 이미 걸음마를 시작해 온종일 집 안에서 내 뒤를 졸졸 따라다녔어요. 이런 일에는 별 이변이 없어요, 말이 있거나 없거나 둘 중 하나죠. 틀림없이 무슨 이유 때문에 울타리를 뛰어넘은 거예요. 그런 일은 드물긴 하지만 가끔 일어나잖아요. 제발 마구간에 있어라 하고 빌면서 가봤지만 거기에도 없었어요. 그때 머릿속에 개울이 번쩍하고 떠오르더라고요. 아주 작고 비탈 아래쪽에 있어서 말이 물을 마시고 있더라도 집에서는 보이질 않거든요. 다비드가 무슨 일이냐고 묻던 게 생각나요. 집 밖으로 나가기 전에 나는 아이를 들쳐안았고, 아이는 내 목을 꼭 끌어안았죠. 내가 성큼성큼 걷는 바람에 아이가 좌우로 흔들리면서 목소리가 이어졌다 끊어졌다 했어요. 다비드가 '저기 이쪄요, 엄마'라고 하더군요. 그리고 실제로 거기에 종마가 있었어요, 개울물을 마시는. 이제 그 아이는 더이상 나를 엄마라고 부르지 않아요. 우리는 그쪽으로 갔어요. 다비드가 자길 땅에 내려달라고 하더라고요. 나는 말한테 가까이 가면 안된다고 아이에게 신신당

부했어요. 그러고는 그 짐승에게 종종걸음으로 다가갔고요. 말이 멀어질 때도 있었지만 나는 인내심을 발휘했어요. 그랬더니 곧 말이 나를 신뢰하더라고요. 그 덕에 녀석의 고삐를 붙잡을 수 있었죠. 후유, 어찌나 마음이 놓이던지. 모든 게 고스란히 생각나요. 나는 안도의 한숨을 내쉬고 큰 소리로 말했어요. '널 잃으면 집도 잃는 거야, 이놈아.' 알겠죠, 아만다, 그건 내가 다비드에게 없다고 생각했던 손가락 같은 거예요. 사람들은 '집을 잃는 게 최악'일 거라고 말하지만 나중에 더 나쁜 일이 생긴 뒤에는 그 순간으로 돌아갈 수만 있다면, 그래서 그 빌어먹을 짐승의 고삐를 놓을 수만 있다면 집과 심지어 목숨이라도 내주려고 하겠죠."

방충망 달린 거실 문이 쾅 닫히는 소리가 들려. 그래서 우리 둘은 집 쪽을 쳐다보지. 니나가 문가에 있더라고, 두더지 인형을 안고서. 그애는 졸려서, 잠에 취해서 우리가 아무 데도 안 보이는데 놀라지도 않는 것 같아. 니나는 몇 발짝 걸어와, 인형을 놓지 않은 채 난간을 붙잡고 정신을 집중해 테라스 계단 세단을 내려와서 잔디를 밟아. 카를라는 다시 좌석에 기대어 잠자코 백미러로 니나를 쳐다봐. 니나는 발을 내려다보고 있어. 우리가 여기 오고부터 새로 생긴 버릇인데 지금도 그러는 중이야. 발가락을 오므렸다 폈다 하면서 잔디를 뽑으려는 거 말이야.

"다비드는 개울에 쪼그리고 앉아 있는 바람에 신발이 흠뻑 젖었어요. 두 손을 물에 담갔다가 손가락을 입에 넣고 빨았죠. 그런데 그때 죽은 새가 보이더라고요. 그것도 코앞에 있었어요, 다비드한테서 한걸음밖에 떨어져 있지 않았죠. 나는 소스라치게 놀라 아이를 향해 소리쳤고 아이도 깜짝 놀랐어요. 아이는 벌떡 일어섰다가 겁에 질려 엉덩방아를 찧고 말았죠. 불쌍한 우리 다비드. 나는 말을 억지로 끌고 아이에게 다가갔어요. 말은 힝힝거리면서 나를 따라오려고 하지 않더라고요. 그래도 어떻게든 아이를 한 손으로 들쳐안았고 그 둘과 씨름하며 겨우 비탈 위로 올라갔어요. 이 일에 대해선 오마르한테 입도 뻥끗하지 않았어요. 뭐 하러 그러겠어요? 일어난 일은 일어난 일이고 수습도 끝났는데. 하지만 다음 날 아침에 보니 말이 누워 있더라고요. '말이 없어.' 오마르가 말했어요. '녀석이 도망쳤어.' 나는 하마터면 말이 이미 한번 도망친 적이 있다고 오마르한테 말할 뻔했어요. 그런데 그때 그이가 목초지에 누워 있는 말을 보았죠. '젠장!' 그이는 화를 냈어요. 종마는 눈두덩이 퉁퉁 부어서 눈도 보이질 않더라고요. 입술, 콧구멍, 입 전체가 띵띵 부어서 말이 아니라 꼭 다른 동물처럼 보였어요. 흉물스러웠죠. 녀석은 아파서 히힝 소리를 낼 기운도 없었어요. 오마르는 녀석의 심장이 기관차처럼 펄떡펄떡 뛴다고 했어요. 그이는 당장 전화로 수의사를 불렀고, 이웃 사람들도 몇명 왔어요. 모두가 걱정하며 이리저리 뛰어다녔는데 나는 눈앞이 캄캄해져서 집으로 갔어요. 아직 아기침대에서 자고 있던 다비드를 들쳐안고 방에 틀어박혔어요. 침대에서 아이를 안고 기도하려고요. 미친 사람처럼 정신없이 기도했어요. 내 평생 그렇게 기도해본 적은 없었어요. 왜 방에 틀어박히는 대신 당직 의사에게 달려가지 않았을까 하고 생각하겠죠. 하지만 때로는 미처 재앙을 확인할 여유가 없을 때도 있어요. 말이 마신 게 뭐든 간에 우리 다비드도 그걸 마셨으니까 말이 죽어가고 있다면 우리 아이도 가망이 없었죠. 난 그걸 분명히 알겠더라고요. 이 마을에서 이미 너무 많은 걸 보고 들었으니까요. 당직 시간에 도착하지도 않을 시골 의사를 삼십분간 기다리는 것 말고 다른 해결책을 찾기까지 내게는 몇시간밖에 없었어요. 어쩌면 몇분밖에 없었을지도 모르고요. 비용이 얼마가 들건, 내 아들의 목숨을 구해줄 사람이 필요했어요."

나는 또다시 니나를 지켜봐. 그애가 지금 수영장 쪽으로 몇걸음 내딛는 중이거든.

"눈길이 못 미칠 때도 있는 거잖아요, 아만다. 그래도 어떻게 내가 아이를 안 봤는지 모르겠어요. 도대체 왜 내아들 대신 그 망할 놈의 말을 걱정한 걸까요."

카를라에게 일어난 일이 나한테도 일어날 수 있을지 궁금해. 나는 항상 최악의 경우를 생각하거든. 지금 당장은 니나가 느닷없이 수영장으로 달려가 뛰어든다면 내가 차에서 뛰쳐나가 그애한테 이르기까지 시간이 얼마나 걸릴까 계산하는 중이야. 나는 그걸 '구조 거리'라고 불러. 딸아이와 나를 갈라놓는 그 가변적인 거리를 그렇게 부르는 거지. 나는 그 거리를 계산하며 반나절을 보내. 그러나 항상 실제로 일어날 법한 상황보다 더 많은 위험을 상상하지.

"어떻게 할까 결심이 서자, 되돌아갈 길은 없었어요. 생각할수록 그게 유일한 해결책으로 여겨졌죠. 나는 다비드를 안고 집을 나섰어요. 아이가 계속 울었는데 내가 두려워하는 걸 감지하고 그런 것 같아요. 오마르는 말 주위에서 남자 두명과 입씨름하다 이따금 머리를 싸쥐었어요. 또다른 이웃 두명이 뒤쪽의 밭에서 바라보다가 큰 소리로 의견을 내놓으며 간간이 대화에 끼어들었어요. 나는 아무도 눈치채지 못하게 빠져나왔고요. 도로로 나왔죠." 카를라는 우리 집 마당의 끝을, 대문 너머를 가리키며 말했어. "그러곤 녹색 집으로 갔어요."

"녹색 집이라니 그게 뭔데요?"

마지막 담뱃재가 카를라의 가슴 사이로 떨어져서 그녀는 살짝 불어서 재를 떨어낸 뒤 한숨을 쉬어. 아무래도 차안을 깨끗이 청소해야겠어, 남편은 이런 일에 아주 깐깐하거든.

"여기 사는 사람들이 종종 찾아가는 곳이에요. 병동에서 호출해도 의사들이 몇시간 후에나 도착하는데다 뭘 해야 할지도 모르고, 할 수 있는 것도 전혀 없다는 걸 우리는 잘 알거든요. 그래서 병이 위중하면 '녹색 집의 여인'에게 가요." 카를라가 말해.

니나가 두더지 인형을 내 선베드의 비치타월 위에 놓아둬. 아이가 수영장 쪽으로 몇걸음 더 다가가는 바람에, 나는 잔뜩 신경을 곤두세우고 몸을 꼿꼿이 편 채 앉아 있지. 카를라도 같이 바라보고 있지만 그녀에게는 상황이 전혀 위험해 보이지 않나봐. 니나는 수영장 가장자리에 쪼그려 앉더니 물속에 발을 담가.

"그 여인은 점쟁이가 아니에요, 그녀는 항상 그 점을 분명히 밝히죠. 하지만 사람들의 기氣를 볼 수 있고, 기를 읽을 수 있어요."

"'기를 읽을' 수 있다는 게 무슨 말이에요?"

"누가 아픈지 아닌지, 그리고 부정적 기운이 몸의 어느 부분에 있는지 알 수 있다는 거예요. 그녀는 두통, 구토, 피부궤양, 각혈을 고쳐줘요. 제시간에 도착하면 유산도 막아주죠."

"유산을 그렇게 많이들 하나요?"

"그녀는 모든 게 다 기 때문이래요."

"우리 할머니도 항상 그렇게 말씀하셨는데."

"그녀가 하는 일은, 기를 감지해서 부정적이면 차단하고 긍정적이면 동원하는 거예요. 이 마을에서는 그 여인에게 많이들 진찰을 받아요. 가끔 외지에서 오는 사람들도 있고요. 그녀의 자식들이 뒷집에 살아요. 일곱명인데 모두 아들이에요. 자식들은 어머니를 돌보고 그녀가 필요하다는 것이라면 무엇이든 챙겨주지만 그녀의 집에는 들어가는 법이 없대요. 니나한테 갈까요, 수영장으로?"

"괜찮아요, 신경 안 쓰셔도 돼요."

"니나!" 카를라가 니나를 부르자 그제야 아이는 차 안에 있는 우리를 봐.

니나가 방긋 웃어. 사람 마음을 녹이는 천상의 웃음이지. 보조개가 패고, 코를 찡긋하는. 니나가 일어나 선베드에서 두더지 인형을 챙겨들고 우리 쪽으로 달려와. 카를라는 니나에게 뒷좌석 문을 열어주려고 몸을 뒤로 뻗어. 카를라가 운전석에서 움직이는 모습이 하도 자연스러워서 이 차에 오늘 처음 탔다는 게 믿어지지 않을 정도야.

"그런데 난 담배를 피워야겠어요, 아만다, 니나한테는 미안하지만 한개비 더 피우지 않고는 이 얘길 끝낼 수 없어요."

나는 개의치 않는다는 표정을 짓고 또다시 카를라에게 담뱃갑을 건네.

"연기는 창밖으로 부세요." 나는 니나가 뒷좌석에 타는 동안 말해.

"엄마."

"왜 그러니, 아가?" 카를라가 대답하지만 니나는 들은 체 만 체하고 나한테 물어봐.

"엄마, 우리 막대사탕 상자 언제 열어봐요?"

니나는 제 아빠에게 교육을 잘 받아서 좌석에 앉아 안전벨트를 매.

"잠시 후에 열어보자."

"좋아." 니나가 대답해.

"좋아." 카를라도 대답해. 그제야 나는 그녀가 사연을 얘기하기 전의 극적인 분위기가 지금은 전혀 남아 있지 않다는 걸 깨달아. 이제는 울지도 않고, 운전대에 머리를 기대지도 않아. 그녀는 말하다 여러번 방해를 받고도 개의치 않고 마치 세상의 모든 시간을 다 가진 양, 그리고 자기의 과거로 돌아가는 걸 즐기는 양 이야기를 계속하지. 나는 궁금해, 다비드, 네가 정말 그토록 변할 수 있었을지, 그리고 카를라가 모든 얘길 다시 하면 그토록 그립다고 말하는 아들의 예전 모습을 잠시나마 되찾을 수 있는지.

"여인이 문을 열자마자 나는 얼른 다비드를 떠넘겼어요. 하지만 이런 사람들은 비밀스럽게 전해 내려오는 일을 잘 알뿐더러 분별력도 있기 마련이죠. 그래서 그녀는 다비드를 바닥에 내려놓고, 내게 물 한잔을 준 뒤 내가 좀 더 진정할 때까지 얘기를 시작하지 않고 기다리더라고요. 물을 마시니까 정신이 좀 돌아오더군요, 정말로요. 내가 두려워하는 게 정신 나간 망상일 수 있겠다는 생각이 스쳤어요. 말이 다른 이유 때문에 아픈 걸 수도 있겠다는 생각이 들었죠. 여인은 다비드를 뚫어져라 보더군요. 다비드는 TV장에 있던 장식용 미니어처를 한줄로 나란히 늘어놓으면서 놀고 있었어요. 여인은 아이에게 가까이 가서 잠시 같이 놀아주었어요. 아이를 주의 깊게 살피더라고요, 안 그러는 척하면서요. 아이의 어깨에 손을 얹거나 눈을 똑바로 보려고 턱을 붙잡기도 했어요. 그러더니 '말은 이미 죽었네요'라고 말했어요. 내가 아직 말에 대해 입도 뻥긋하지 않았는데 말이죠, 정말이에요. 여인은 다비드에게 아직 시간이 좀 남아 있다고, 아마 하루 정도 될 거라고, 하지만 곧 인공호흡기가 필요해질 거라고 말했어요. '독에 노출되었군요. 심장이 손상될 거예요'라고. 나는 계속 그녀를 바라보고만 있었어요. 아무 말도 못하고 얼마 동안이나 그렇게 망연자실해 있었는지 기억도 안 나요. 그때 여인이 끔찍한 말을 했어요. 네 아들이 어떻게 죽을 거라는 말보다 더 끔찍한 말이었어요."

"뭐라고 했는데요?" 니나가 물었어.

"니나, 집에 들어가서 막대사탕 상자 열어보고 있으렴." 내가 니나에게 말해.

니나는 안전벨트를 풀고 두더지 인형을 움켜잡고서 집 쪽으로 달려가.

"다비드의 몸이 중독을 견뎌내지 못할 거라고, 그애가 죽을 거라고 했어요. 하지만 우리가 이체移體를 시도해볼 수는 있다고 하더라고요."

"이체라고요?"

카를라는 담배를 끝까지 피우지 않은 채 불을 끄고 팔을 축 늘어뜨려. 팔이 몸에 대롱대롱 매달려 있는 것 같아. 흡연이 그녀를 완전히 기진맥진하게 만들기라도 한 것처럼.

"우리가 제때 다비드의 정신을 다른 몸으로 옮기면 독성도 일부 같이 옮아간댔어요. 두 몸으로 나뉘면 중독을 이겨낼 가능성이 있다는 거죠. 확실한 방법은 아니지만 효과를 본 적도 있다고 했어요."

"효과를 본 적도 있다니 무슨 뜻인가요? 전에 여러번 해봤대요?"

"그게 그녀가 알고 있는, 다비드를 살릴 유일한 방법이었어요. 여인은 내게 차를 한잔 건네주었어요. 천천히 마시면 진정이 될 거라고 하더군요. 결정을 내리는 데 도움이 될 거라고요. 하지만 나는 벌컥벌컥 들이켜 두모금 만에 다 마셔버렸죠. 내가 무슨 말을 들은 건지 순서조차 헷갈리더라고요. 머릿속은 온통 죄책감과 공포로 뒤죽박죽이었고, 온몸이 부들부들 떨렸어요."

"하지만 당신은 정말로 그런 것들을 믿나요?"

"그때 다비드가 넘어졌어요. 더 정확히 말하면 내 눈에는 그애가 넘어지는 것처럼 보였죠. 한동안 못 일어나더라고요. 나는 장난감 병정이 그려진, 평소 좋아하는 티셔츠를 입은 아이가 팔을 움직여 일어서려고 하는 걸 뒤에서 보았어요. 동작이 어설픈데다가 별 효과가 없어서 몇달 전 아직 다비드가 스스로 일어서는 법을 익힐 때가 떠오르더군요. 그런 건 이제 그애가 노력할 필요 없는 일이거든요. 그래서 난 악몽이 시작되고 있다는 걸 깨달았죠. 아이가 내 쪽을 돌아보았는데 얼굴을 잔뜩 찡그리고 있더라고요. 아픈 것처럼 표정이 이상했어요. 나는 얼른 달려가 아이를 꼭 안아주었어요. 있는 힘껏 아이를 안아주었어요, 아만다, 너무 꼭 안아서 세상의 그 무엇이나 누구도 내 품에서 아이를 떼어낼 수 없을 것 같았죠. 아이가 내 귓가에서 숨 쉬는 소리가 들렸어요. 호흡이 약간 빠르더라고요. 여인은 부드럽지만 단호한 동작으로 우리를 떼어놓았어요. 다비드는 소파에 등을 기댄 채 앉아 있다가 손

으로 눈과 입을 비비기 시작했어요. 여인은 '빨리 해야 돼
요'라고 말했어요. 나는 다비드가, 다비드의 영혼이 어디
로 가게 될지, 그 아이가 계속 우리 가까이에 머물 수 있는
지, 우리가 아이를 위해 좋은 가정을 선택할 수 있는지 물
었어요."

"내가 제대로 알아들은 건지 모르겠네요, 카를라."

"제대로 알아들었어요, 아만다, 완벽하게 이해한 거 맞
아요."

나는 카를라에게 이 모든 게 말도 안된다는 얘기를 하
고 싶은 거야.

—그건 아주머니 생각이죠. 그건 중요하지 않아요.

—사실 난 그런 이야기는 못 믿겠거든. 그런데 이야기
의 어느 시점에 화를 내는 게 적절한 거니?

"여인은 자기가 가족을 선택할 순 없다고 했어요." 카를
라가 이야기를 이었어. "다비드가 어디로 갈지 알 수 없다
고요. 그리고 이체에는 결과가 따를 거라고도 했어요. 하
나의 몸에는 두 정신이 머물 자리가 없고, 정신이 없는 몸
도 없으니까요. 이체가 이루어지면 다비드의 정신은 건강

한 몸으로 옮아가겠지만, 한편 낯선 정신이 아픈 몸으로 옮아오겠죠. 두 정신 모두 일부가 상대방에게 남아 있을 테고, 다비드는 더이상 예전과 같지 않겠죠. 그러니 나도 기꺼이 아이의 새로운 모습을 받아들여야 할 테고요."

"아이의 새로운 모습이요?"

"하지만 내겐 다비드가 어디로 갈지 아는 것이 아주 중요했어요, 아만다. 그런데 여인은 아니라고, 모르는 게 낫다고 했어요. 중요한 건 다비드를 아픈 몸에서 벗어나게 하는 거라고요. 그리고 원래의 몸에 다비드가 없더라도, 무슨 일이 생기든 그 몸은 내가 계속 책임져야 한다는 걸 납득해야 된다고요. 나는 그 타협을 받아들여야 했어요."

"하지만 다비드는……"

"잠시 그 문제를 곰곰이 생각하는데 다비드가 또다시 다가와서 나를 끌어안았어요. 그 아픈 말처럼 아이의 눈이 붓고 눈두덩이 빨갛게 부어올라서 당길 정도로 팽팽해져 있었어요. 울지는 않았지만 소리를 지르지도, 눈을 깜박이지도 않은 채 눈물만 뚝뚝 흘렸어요. 쇠약해지고 겁먹은 상태였죠. 아이의 이마에 입을 맞추는데 열이 펄

펄펄 끓더라고요. 몸이 불덩어리였어요, 아만다. 그때 우리 다비드의 눈앞에는 분명히 천국이 어른거리고 있었을 거예요."

너희 엄마는 운전대를 붙잡고 우리 집 대문을 하염없이 바라보고 있어. 또다시 너를 잃는 중이지. 너희 엄마 이야기의 행복한 부분은 끝났어. 며칠 전 너희 엄마를 처음 만났을 땐 나처럼 너희 엄마도 남편이 근처에서 일하는 동안 임시로 집을 빌렸을 거라고 생각했어.

──왜 카를라가 이 마을 출신이 아니라고 생각하셨는데요?

──아마 화려한 색의 블라우스를 입고 머리를 둥그렇게 틀어올린 모습이 너무 세련되어 보이는데다 너무 상냥하고, 카를라를 둘러싼 모든 것과 너무 달라서 이질감이 들었던 것 같아. 지금은 카를라가 다시 울기 시작해서, 내 남편의 차에서 계속 내리지 않을 것 같아서, 니나가 집 안을 혼자 돌아다니고 있어서 불안해. 니나한테 막대사탕을 손에 넣으면 다시 차로 오라고 할 걸 그랬나봐. 하지만 아냐, 멀리 떨어져 있는 게 낫지, 니나와 아무 상관도 없는 얘기잖아.

"카를라." 나는 그녀를 불렀어.

"나는 여인에게 그러자고 했어요, 그렇게 하라고. 우리가 해야 할 일을 하자고요. 여인은 우리더러 다른 방으로 가 있으라고 했어요. 나는 거의 의식을 잃은 다비드를 내 어깨 위로 안아올렸어요. 아이 몸이 불덩이 같고 퉁퉁 부어서 촉감조차 이상하더라고요. 여인은 복도 끝에 있는 마지막 방의 문을 열었어요. 나한테 문밖에서 기다리라는 신호를 하고 방 안으로 들어갔죠. 방이 어두워서 밖에서는 여인이 뭘 하고 있는지 겨우 짐작할 수 있었어요. 여인은 방 한가운데에 큰 대야를 놓았어요. 물소리를 듣고 먼저 양동이에 물을 붓는구나 하고 알았죠. 여인은 부엌에 가려고 방을 나와서 온 정신을 집중한 채 우리 곁을 지나쳤어요. 그러더니 도중에 뒤돌아서 잠시 다비드를, 다비드의 몸을 유심히 보더군요. 아이의 체형이나 어쩌면 치수를 잘 기억해두려는 것 같았어요. 여인은 용설란*으로 만든 실이 감긴 큰 실꾸리와 휴대용 선풍기를 들고 와서 또

* 길고 가는 뾰족한 잎들이 1~2미터 높이로 자라는 멕시코 원산의 식물. 섬유로 직물을 만들기도 하고, 즙은 테킬라의 원료가 된다.

다시 방으로 들어갔어요. 다비드의 몸이 펄펄 끓는 바람에 여인이 내게서 아이를 데려갔을 땐 내 목과 가슴이 온통 젖어서 축축하더라고요. 재빠른 동작이었어요. 여인의 손이 방의 어둠속에서 튀어나와 다비드를 데리고 다시 사라진 것이나 다름없었죠. 아이를 안아본 건 그때가 마지막이었어요. 여인은 이번엔 다비드 없이 다시 나와서 나를 부엌으로 데리고 가 차를 더 따라주더군요. 거기서 기다려야 한다고 했어요. 내가 집 안을 돌아다니다보면 무심코 다른 것들을 움직일 수도 있다면서요. 움직여선 안 되는 것들을. 그녀가 말하길, 이제 중에는 떠날 준비가 된 것만 움직여야 한대요. 나는 찻잔을 움켜잡고 머리를 벽에 기댔죠. 여인은 다른 말은 하지 않고 복도를 따라 되돌아갔어요. 어떤 순간에도 다비드는 날 부르지 않았어요. 나도 아이가 말하거나 우는 소리를 못 들었고요. 잠시 후, 이분 정도 지나서 방문 닫히는 소리가 들렸어요. 내 앞, 부엌 선반 위에서, 이미 어엿한 청년이 된 일곱 아들이 그 시간 내내 큰 액자에서 나를 바라보고 있더군요. 상반신은 벗은 채였는데 햇볕에 붉게 그을렸고 갈퀴에 몸을 기대고는 빙긋 웃고 있었어요. 뒤로는 갓 수확을 마친 넓은 콩밭이 펼쳐져 있었고요. 그렇게, 움직이지 않고 나는 오랫동안 기다렸어요. 차도 마시지 않고, 벽에서 머리를 떼지도 않고서 두시간쯤 있었을 거예요."

"그동안 무슨 소리 못 들었어요?"

"아무 소리도요. 모든 게 끝났을 때 문 열리는 소리만 났어요. 나는 몸을 곧추세우고, 찻잔을 옆으로 밀어두었어요. 온몸이 경계 태세였지만 일어날 힘은 없더라고요. 이제 일어나도 되는지도 몰랐고요. 여인의 발소리만 들렸어요. 그 소리엔 이미 익숙해졌죠. 발소리가 오다가 도중에 멈추더군요. 아직 여인의 모습은 보이지 않았어요. 그때 여인이 아이를 불렀어요. '어서 가자, 다비드. 너희 어머니에게 데려다줄게.' 나는 의자 모서리를 붙잡았어요. 아이를 보고 싶지 않았어요, 아만다, 도망치고만 싶었죠. 필사적으로. 여인과 다비드가 부엌으로 오기 전에 내가 현관에 도달할 수 있을지 궁금했어요. 하지만 옴짝달싹할 수가 없었죠. 그때 아이의 발소리가 들렸어요. 마룻바닥 위를 아주 천천히 걷더라고요. 소심하고 확신이 없는 발소리, 우리 다비드가 걷는 것과는 영 딴판인 발소리. 그들은 네다섯걸음 걸을 때마다 멈추었어요. 그땐 여인의 발소리도 멈추고, 아이를 기다려주더군요. 이제 아이가 부엌까지 거의 다 왔어요. 아이의 작은 손, 그새 진흙이 말라붙은 건지 먼지가 들러붙은 건지 더러워진 손이 벽을 더듬어 짚었어요. 우리는 눈이 마주쳤지만 난 곧 눈길을 돌렸어요. 여인은 아이를 내 쪽으로 밀었고, 아이는 비틀거리다시피 하면서 몇걸음 더 걷다가 또다시 식탁에 기댔어요. 그 시간 내내 나는 숨이 멎은 것만 같았어요. 그러다 다시 숨을 쉬게 되었을 때, 이번에는 아이가 자발적으로 나를 향해 한걸음 더 내디뎠는데 내가 뒤로 물러났어요. 아이는 새빨개진 얼굴로 땀을 흘리고 있었어요. 아이의 발은 젖어 있었는데 걸어오면서 남긴 축축한 발자국이 벌써 마르기 시작했어요."

"그런데 아이를 붙잡아주지 않은 건가요, 카를라? 안아주지 않았어요?"

"나는 계속 아이의 더러운 손을 바라보고 있었어요. 아이는 그 손으로 식탁 가장자리를 난간이라도 되는 양 짚고서 앞으로 나아갔죠. 그때 아이의 손목을 봤어요. 양쪽 손목이랑 좀더 위쪽 피부에도 자국이 나 있더라고요. 팔찌처럼 일자로 난 자국인데 아마 용설란 실 때문에 생긴 것 같았어요. '잔인해 보이죠.' 내 반응과 다비드의 다음 걸음을 주의 깊게 살피며 여인도 다가오면서 말했어요. '그래도 정신만 잘 떠나는지 확인해봐야 해요.' 여인은 아이의 양쪽 손목을 쓰다듬으며 스스로를 용서하듯이 말했어요. '몸은 남아야 한단다.' 그러고는 하품을 하더라고요. 그러고 보니 여인은 부엌에 온 이후 연신 하품을 하고 있었어요. 그녀는 이체의 여파라고 하면서 다비드도 완전히 정신을 차리자마자 그럴 거라더군요. 그걸 전부 꺼내야 한다고, 입을 크게 벌리고 하품을 해서 '빠져나가도록' 해야 한다고요."

"그런데 다비드는요?" 내가 물었어.

"여인은 내 옆에 있는 의자를 빼더니 다비드에게 거기 앉으라고 가리켰어요."

"당신은요? 다비드를, 그 가엾은 아이를 만져보지도 않은 건가요?"

"그러고 나서 여인은 차를 더 따라주었어요. 안 보는 척하면서 우리의 상봉을 주의 깊게 살피더라고요. 다비드가 낑낑대며 의자에 올라갔는데 나는 아이를 도와주지 못했어요. 아이가 계속 자기 손을 바라보더군요. '아이가 빨리 하품을 해야 돼요.' 여인은 입을 가리고 하품을 깊게 하며 말했어요. 그녀도 자기가 마실 차를 가지고 와서 식탁에 앉아 아이를 조심스럽게 바라보았어요. 나는 일이 다 어찌 됐냐고 물었어요. '기대하던 것보다 더 잘됐어요'라고 답하더군요. 이체를 통해 독성이 일부 빠져나갔고, 지금은 두개의 몸으로 나뉘었기 때문에 중독이 싸움에서 질 거라고요."

"그게 무슨 뜻인가요?"

"다비드가 살게 될 거라는 뜻이죠. 다비드의 몸과, 새로운 몸속에 있는 다비드 모두."

나는 카를라를 보고 카를라도 나를 봐. 어릿광대의 웃음처럼 거짓임이 분명한 미소를 띠고서. 그 미소 때문에 나는 잠시 혼란스러워져서 이 모든 게 길고도 악취미적인 농담인가 하고 생각해. 하지만 카를라가 이렇게 말하지.

"그러니까 이게 우리 새로운 다비드예요. 이 괴물이요."

"카를라, 언짢아하지 말아요. 하지만 나는 니나가 어쩌고 있는지 알아야겠어요."

그녀는 고개를 끄덕인 뒤 운전대 위에 놓인 자기 손을 다시 바라봐. 나는 차에서 내리려고 부산하게 움직이지만 카를라는 나를 따라올 것처럼 보이지 않더라고. 난 잠시 망설이지만 아무 일도 일어나지 않아. 게다가 이제는 정말로 니나가 걱정돼. 니나가 어디 있는지 모른다면 어떻게 구조 거리를 잴 수 있겠어. 나는 차에서 내려 집 쪽으로 걸어가. 산들바람이 살짝 불어와, 좌석에서 땀이 난 등과 다리에 닿는 게 느껴져. 곧 창문으로 니나가 보여. 의자를 등 뒤에서 질질 끌면서 거실에서 부엌으로 옮기고 있더라고. 모든 게 제대로 돌아가고 있어, 나는 이렇게 생각해. 하지만 집을 향해 계속 걸어가지. 모든 게 제대로 돌아가고 있어. 나는 테라스로 세 계단을 올라가 방충문을 열고 집 안에 들어가서 문을 닫아. 늘 하던 것처럼 본능적으로 빗장을 채워. 그러고는 이마를 방충망에 대고 자동차를, 운전석 위로 보이는 빨간 올림머리를 계속해서 바라봐. 모든 움직임에 잔뜩 신경을 곤두세운 채.

카를라는 너를 '괴물'이라고 불렀어. 나는 그것도 계속 생각했어. 네가 지금 무엇이든 간에 너무 슬플 것 같아. 무엇보다 너희 엄마가 널 '괴물'이라고 부르다니 말이야.

— 아주머니가 혼란스러우신 것 같은데 그건 이 이야기에 도움이 되지 않아요. 저는 정상적인 남자아이예요.

— 이건 정상이 아니야, 다비드. 칠흑 같은 어둠만 있고 너는 내 귀에 대고 소곤거리고 있잖니. 나는 이게 실제 일어나고 있는 일인지조차 모르겠어.

— 실제 일어나고 있는 일 맞아요, 아만다 아주머니. 저는 응급병동 병실에 있는 아주머니 침대 가장자리에서 무릎을 꿇고 있어요. 우리에겐 시간이 얼마 없어요, 그리고 시간이 다 되기 전에 정확한 순간을 찾아내야 돼요.

— 그런데 니나는? 이게 모두 실제 벌어지는 일이라면 니나는 어딨지? 세상에, 니나는 어디 있니?

— 그건 중요하지 않아요.

— 그게 유일하게 중요한 일이야.

— 중요하지 않아요.

─작작 좀 해, 다비드, 난 계속하지 않겠어.

─우리가 앞으로 나아가지 않으면 제가 아주머니랑 계속 같이 있는 의미가 없잖아요. 전 갈게요, 그러면 아주머니 혼자 남게 되시겠죠.

─가지 마, 부탁이야.

─그러면 지금, 마당에선 무슨 일이 일어나고 있죠? 아주머니는 현관문에 계세요, 방충망에 이마를 댄 채로요.

─그래.

─그다음에는요?

─카를라의 올림머리가 좌석 뒤쪽에서 약간 움직여. 양옆을 살피는 것처럼 보여.

─다른 일은요? 바로 그 순간에 무슨 일이 더 일어나나요?

─나는 한쪽 다리에서 다른 쪽 다리로 체중을 옮겨.

─왜죠?

─그렇게 하면 내가 좀 편해지거든. 최근에 나는 서 있는 데에 큰 노력이 필요한 것처럼 느껴져. 한번은 남편에게 그 얘길 했더니 내가 좀 우울한 것 같다더라고. 그건 니나가 태어나기 전의 일이야. 지금도 감정은 여전하지만

이젠 가장 중요한 게 아니야. 조금 피곤한 것뿐이야, 나는 속으로 말해. 내가 다른 사람들보다 일상적인 문제들을 좀더 견디기 어려워하는 것일지 모른다는 생각에 때로 두려워져.

　　— 그다음엔 무슨 일이 있나요?

　　— 니나가 내게 다가와서 내 다리를 안아.

　　"무슨 일이에요, 엄마?"

　　"쉿."

　　니나는 나를 놓아주고 자기도 방충망에 기대. 그때 차문이 열려. 카를라가 한쪽 다리를 내놓고 곧 다른 쪽 다리도 나오지. 니나가 나한테 손을 내밀어. 카를라는 일어서서 핸드백을 집어들고 비키니 매무새를 고쳐. 나는 카를라가 이쪽을 돌아보다 우리를 볼까봐 무섭지만 그녀는 그러지 않아. 마당을 가로질러 샌들을 가져가지도 않고, 겨드랑이에 핸드백을 낀 채 대문 쪽으로 곧장 걸어가. 걸을 때 엄청난 집중력이 필요한 긴 드레스라도 입은 양 곧장 일직선으로 걸어가지. 너희 엄마가 길가에 이르러 쥐똥나무 뒤로 사라지고서야 니나는 나를 놓아줘. 다비드, 지금 니나는 어딨니? 난 알아야겠어.

—구조 거리에 대해 좀더 얘기해주세요.

—그건 상황에 따라 달라져. 예를 들어, 우리가 이 집에 온 뒤 처음 몇시간 동안에는 니나가 항상 내 가까이에 있길 바랐어. 나는 집에 출구가 몇개 있는지 알고, 바닥에서 가장 많이 파손된 부분이 어디인지 파악하고, 계단이 삐걱대는 소리가 어떤 위험을 뜻하지는 않는지 확인해야 했어. 니나한테도 이런 것들을 보여주었지. 니나는 겁이 많진 않지만 말을 고분고분 잘 들어서 두번째 날에는 우리를 연결해주는 보이지 않는 실이 또다시 늘어났어. 그 실은 존재하지만 느슨해서 우리에게 때때로 약간의 독립성을 허용해줘. 그런데 구조 거리가 정말 중요하니?

—아주 중요해요.

—니나의 손을 놓지 않은 채 같이 부엌까지 걸어가. 나는 아이를 의자에 앉히고 참치 샐러드를 조금 만들어. 니나는 그 아줌마가 갔는지, 진짜로 갔다고 생각하는지 내게 물어봐. 내가 그렇다고 하자, 아이는 의자에서 내려와 마당으로 통하는 문으로 달려나가 소리 지르고 깔깔 웃으

면서 집 주위를 한바퀴 돈 다음 다시 들어와. 일분도 채 안 걸렸을 거야. 나는 아이를 부르고, 니나는 제 접시 앞에 앉아서 조금 먹다가 다시 나가서 집 주위를 한바퀴 더 돌아.

— 왜 그러는 거죠?

— 우리가 여기 도착하고부터 생긴 습관이야. 매일 점심 먹을 때마다 두세바퀴 정도 돌더라고.

— 이건 중요해요, 이건 벌레랑 관계가 있을지도 몰라요.

— 니나가 큰 창문 뒤를 지나가다 유리창에 대고 얼굴을 납작하게 눌러서 우리는 마주 보고 웃어. 나는 니나가 에너지를 분출하는 게 좋지만 이번에는 그 아이가 집 주위를 도는 게 불안해. 카를라와 나눈 대화는 우리를 연결하고 있는 실을 팽팽하게 조였고, 구조 거리는 다시 짧아졌어. 지금 너는 6년 전의 다비드와 얼마나 다른 거니? 도대체 무슨 심한 짓을 했길래 너희 엄마가 너를 자기 자식으로 받아들이지 않는 거니? 그게 내가 계속 궁금해하는 점이야.

— 하지만 그건 중요하지 않은 일이에요.

— 니나가 샐러드를 다 먹고 나서 우리는 장을 보러 빈

장바구니를 들고 함께 자동차로 가. 아이는 뒷좌석에 앉아 안전벨트를 매고 질문을 퍼붓기 시작해. 니나는 그 아줌마가 차에서 내려 어디로 갔는지 알고 싶어하고, 우리가 어디에서 먹을거리를 살 건지, 마을에 다른 아이들이 더 있는지, 개들을 쓰다듬어도 되는지, 집 주위에 보이는 나무들이 모두 우리 건지 알고 싶어해. 지금은 두더지 인형에 안전벨트를 매주면서 특히 여기 사람들도 우리랑 같은 언어로 말하는지 알고 싶어해. 자동차 재떨이가 깨끗이 비워져 있고, 차창이 모두 올라가 있어. 나는 내 쪽의 차창을 내리면서 카를라가 언제 이런 수고를 했는지 궁금해해. 이미 강렬하게 내리쬐는 햇볕과 함께 시원한 바람이 들어와. 우리는 슬렁슬렁 조용히 가. 나는 그렇게 가는 게 좋지만 남편이 운전할 땐 불가능한 일이야. 휴가 중에 내가 운전할 땐 이래. 주말 별장과 현지인들의 주택 사이에 있는 자갈과 흙투성이 구멍들을 피해서 운전하지. 도시에서는 그러질 못하겠어. 도시에선 내가 지나치게 긴장하거든. 이런 세세한 점들이 중요하다고 했지?

　── 네.

──긴 열두 블록이 읍내와 우리를 갈라놓고 있고, 읍내에 가까이 갈수록 집들은 점점 더 허름하고 작아져. 공간을 두고 서로 싸우는 듯한 그 집들은 마당이 거의 없고 나무도 더 적어. 첫번째 포장도로는 시내의 한쪽 끝에서 다른 쪽 끝까지 관통하는 대로인데 열 블록 정도 돼. 아스팔트가 깔려 있긴 하지만 흙이 너무 많아서 승차감은 거의 그대로야. 여기 와서 이렇게 돌아다니는 건 처음이야. 나는 니나와 여유롭게 오후 내내 장을 보고 저녁으로 뭘 먹을까 생각할 시간이 있어서 얼마나 좋은지 말해. 가장 큰 광장에서 작은 시장이 열려서 우리는 차를 대고 조금 걷기로 해.

"두더지는 차에 두고 다녀오자." 내가 니나에게 말해.

그러자 아이가 "예, 마님" 하고 대답해. 우리는 가끔 부잣집 귀부인처럼 고상하게 말하기 놀이를 좋아하거든.

"부인, 설탕에 조린 땅콩 조금 어떠신지요?" 아이가 차에서 내리는 걸 도와주며 내가 물어.

"우리에게 완벽할 것 같군요." 니나는 귀부인들의 대화에는 복수형이 쓰일 거라 굳게 믿고 이렇게 대답해.

— 마음에 들어요, 복수형에 대한 거요.

— 시장이라고 해봤자, 판자와 가대로 대충 만들거나 바닥에 깔개를 펼쳐놓은 노점 일곱개가 다야. 하지만 현지에서 재배하거나 장인이 직접 생산한 제품이어서 품질이 훌륭해. 우리는 과일, 채소, 꿀을 사. 헤세르 씨가 통곡물빵을 굽는 빵집을 권해주어서 — 이 마을에서는 꽤 유명한가보더라고 — 우리는 거기도 들러. 한껏 배불리 먹으려고 빵을 세개 사. 그곳에서 일하는 두 노인이 니나한테 둘세 데 레체*를 넣은 도넛을 맛보라고 줘. 니나가 한입 먹어보고 "천상의 맛이에요! 우리는 매료되었어요!"라고 말하니까 그들은 너무 웃다가 눈물을 흘리다시피 해. 우리는 풀장용 공기주입식 동물 튜브를 어디서 구할 수 있는지 물어보고, 사람들은 '카사 오가르'라는 가정용품점에 어떻게 가면 되는지 길을 알려줘. 대로의 맞은편에서 호수 쪽으로 세 블록 정도 가야 해. 우리는 기운이 넘치기 때문에 장 본 물건을 차에 두고 천천히 걸어가. 카사 오가

* 아르헨티나에서 즐겨 먹는 디저트로, 우유에 설탕을 넣고 천천히 가열해 진득한 캐러멜 상태로 만든 것이다.

르에서 니나는 범고래 튜브를 골라. 모델이 그것 하나밖에 없지만 니나는 제 결정에 확신을 갖고 주저 없이 범고래 튜브를 가리켜. 내가 계산하는 동안 니나가 멀어져. 아이는 내 뒤편 어딘가에서 가전제품과 정원용품 진열대 사이를 걸어가. 아이가 보이진 않지만 실이 팽팽해져서 나는 아이가 어디 있는지 쉽게 짐작할 수 있을 거야.

"더 필요하신 건 없나요?" 계산대 점원이 내게 물어.

그때 날카로운 고함이 우리를 방해해. 니나 목소리는 아닌데, 이게 처음 든 생각이야. 높고 날카로운 소리가 이어졌다 끊어졌다 해. 마치 새가 어린아이를 흉내 내는 것 같아. 니나가 주방용품 통로에서 달려와. 아이는 재미있기도 하고 겁이 나기도 하는 듯 흥분해서 내 다리를 붙잡고 통로 끝을 바라보며 서 있어. 계산대 점원은 체념한 듯 한숨을 쉬더니 뒤로 돌아 계산대에서 나와. 니나가 내 손을 잡아당겨서 나는 같은 통로로 점원을 따라가. 저기 앞쪽에서 그 여자는 화난 척하며 양손을 허리에 얹고 있어.

"엄마가 뭐랬어? 우리가 어쩌기로 했지, 아비가일?"

고함은 끊어졌다 이어지며 계속되지만 소리가 훨씬 작

아지고, 마지막에는 거의 부끄럼을 타는 것 같더라고.

"자, 어서 가자."

여자는 다른 통로 쪽으로 손을 뻗어. 그리고 그녀가 우리를 향해 몸을 돌리자, 조그만 손 하나가 그녀를 따라와. 자그만 여자아이가 느릿느릿 모습을 드러내. 처음에 나는 아이가 여전히 장난을 치고 있다고 생각해. 왜냐하면 다리를 심하게 절어서 원숭이처럼 보이거든. 하지만 다시 보니 아이의 한쪽 다리가 아주 짧더라고. 마치 무릎 아래쪽에 바로 발이 달린 것처럼 말이야. 아이가 고개를 들어 우리를 쳐다보자 아이의 이마가 눈에 들어와. 이마가 너무 넓어서 머리의 반 이상을 차지하더라고. 니나가 내 손을 꼭 잡고 불안한 웃음을 터뜨려. 그래, 니나가 이런 걸 보는 건 좋은 일이야, 나는 생각해. 우리 모두가 똑같이 태어진 않는다는 걸 알고, 무서워하지 않는 법을 배우는 건 좋은 일이지. 하지만 마음속 깊은 곳에서는 이렇게 생각해. 그 아이가 내 딸이라면 어떡해야 할지 모를 거라고. 모골이 송연해지는 일이지. 그때 너희 엄마가 들려준 이야기가 문득 떠올라. 나는 너를, 혹은 예전의 다비드를, 손가락이 없는 처음의 다비드를 생각해. 이게 훨씬 더 나쁘네, 이렇게 생각해. 나라면 기운을 못 차릴 거야. 하지만 그 여자는 참을성 있게 아이를 끌고 이쪽으로 오면서, 머리칼이 없는 아이의 머리를 먼지라도 앉은 양 닦아주고, 우리한텐 들리지 않지만 우리에 대해 아이의 귀에 대고 다정하게 속삭여. 다비드, 너 이 여자아이를 아니?

— 네, 알아요.

— 그 아이의 몸에 네 영혼이 일부 있니?

— 그건 우리 어머니가 하시는 얘기죠. 아주머니도, 저도 이럴 시간 없어요. 우리는 벌레를, 벌레와 아주 비슷한 것을, 그리고 벌레가 처음 아주머니 몸에 닿는 정확한 순간을 찾는 중이라고요.

— "누구예요, 엄마?" 니나가 물어봐.

이제 귀부인의 경청 같은 건 없어. 그들이 가까워지자 니나는 뒤로 몇발짝 물러나고, 우리가 더 멀찍이 떨어지길 바라. 우리는 오븐 쪽으로 바짝 붙어서, 모녀가 지나갈 공간을 만들어. 아이는 키가 니나만 하지만 몇살일지는 짐작이 안돼. 니나보다 나이가 많은 것 같아. 아마 네 나이쯤 될 거야.

— 시간 낭비하지 마세요.

— 너희 엄마도 이 아이를, 이 아이와 아이 엄마를, 그리고 이 모녀의 사연을 틀림없이 알 거야. 여자가 계산대로 돌아서고, 아이가 키 때문에 계산대에 가려 보이지 않게 될 때까지 나는 계속 카를라를 생각해. 여자는 금전등록기의 버튼을 누르고, 서글픈 미소를 지으며 내게 거스름돈을 건네. 그녀는 이 모든 걸 양손으로 하고 있어. 한 손으로 버튼을 누르고, 다른 손으로 내 돈을 주지. 조금 전 그녀가 어떻게 아이 손을 잡을 수 있는지 궁금했던 것처럼 지금 나는 그 손을 어떻게 놓을 수 있는지 궁금해. 그리고 죄책감과 회한을 느끼며 몇번이나 고맙다고 하면서 거스름돈을 받아.

— 그리고 또요?

— 우리는 집으로 돌아오고 니나는 졸려해. 낮잠을 그렇게 늦은 시간에 자는 건 안 좋아. 이따가 밤에 잠들기가 힘들잖아. 하지만 우리는 휴가 중이고 그래서 지금 여기 있는 거니까. 나는 스스로에게 그걸 상기시키면서 약간

긴장을 풀어. 내가 장 본 물건을 정리하는 동안 니나는 거실 소파에서 곤히 잠들어. 나는 그애의 잠버릇을 잘 알잖니. 뭔가 큰 소리가 나서 갑작스럽게 그애의 잠을 깨우지 않는다면 최소한 한두시간은 그대로 잘 거야. 그때 나는 녹색 집을 떠올리고, 그 집이 얼마나 멀리 있는지 궁금해져. 녹색 집은 너를 돌봐준 여인의 집이야.

— 네.

— 너를 중독에서 구해준 사람 말이야.

— **중요하지 않아요.**

— 어떻게 안 중요하니? 이건 우리가 이해해야 할 이야기야.

— **아니요, 그건 이야기가 아니에요, 정확한 순간과 아무 상관도 없고요. 딴생각하지 마세요.**

— 난 위험을 측정해야 한단 말이야, 이걸 측정하지 않으면 구조 거리를 계산하기가 어려워. 여기 도착하자마자 집과 주위를 점검했듯이 지금은 녹색 집을 보고, 그 중대함을 파악해야 돼.

— **이 구조 거리는 언제부터 재기 시작하셨어요?**

──그건 우리 어머니한테 물려받은 거야. "네가 가까이에 있으면 좋겠어." 어머니는 내게 이렇게 말씀하곤 하셨어. "우리 구조 거리를 유지하자."

──아주머니의 어머닌 중요하지 않아요. 계속하세요.

──지금 나는 집을 나서서 걷고 있어. 다 괜찮을 거야, 나는 생각해. 분명 거기까지 십분 넘게 걸리진 않을 거야. 니나는 곤히 자고 있고, 혼자 잠에서 깨도 침착하게 나를 기다릴 줄 알아. 집에서 그렇게 하거든, 내가 아침에 뭘 사러 잠깐 나갈 때 말이야. 나는 처음으로 호수 반대 방향으로, 녹색 집 쪽으로 걸어. "곧 나쁜 일이 일어날 거야." 어머니는 늘 이렇게 말씀하셨어. "그리고 그런 일이 일어날 때 네가 가까이 있으면 좋겠어."

──아주머니의 어머니는 중요하지 않다고요.

──나는 집과 별장, 들판을 바라보는 게 좋아. 그렇게 몇시간도 걸을 수 있겠다는 생각이 들어.

──그럴 수 있어요. 저는 밤에 그러거든요.

──그런데 카를라가 그걸 허락하니?

──지금 저에 대해 얘기하시는 건 실수예요. 산책은 어떤가

요? 아주머니 몸에요.

—나는 빠르게 걸어. 호흡이 리드미컬해지고 생각이
본질적인 것으로만 좁혀지는 게 좋아. 걷기만 생각하고
그외의 것은 아무것도 생각 않는 거 말이야.

—그건 좋네요.

—카를라가 차 안에서 하던 손짓이 떠올라. 카를라는
"여기 사는 우리들은 반대쪽으로 나가요"라고 했어. 그녀
는 팔을 오른쪽으로 뻗고, 내 입 높이에서 손에 든 담배로
방향을 가리켰어. 이쪽 집들은 부지가 훨씬 더 넓어. 어떤
집에선 땅에 작물을 심기도 했는데 길쭉한 부지가 깊숙하
게 이어져서 5000제곱미터는 되겠더라고. 밀이나 해바라
기를 심은 곳도 일부 있지만 대부분은 콩을 심었고, 몇몇
부지를 더 가로지르면 포플러나무가 일렬로 길게 늘어서
있고, 그 뒤로 작지만 깊은 개울을 따라 좁은 길이 오른쪽
으로 나 있어.

—네.

—좀더 허름한 집 몇채가 개울가에 면해 있는데, 하나
같이 탁하고 가느다란 물줄기와 그다음 부지의 철조망 사

이에 욱여넣은 것처럼 다닥다닥 붙어 있어. 그중 끝에서 두번째 집이 녹색으로 칠해져 있지. 색이 바래긴 했지만 여전히 선명하고, 풍경 전체에서 눈에 띄어. 나는 잠시 걸음을 멈춰. 그때 목초지에서 개 한마리가 나와.

— 이건 중요해요.

— 왜? 나는 뭐가 중요한 일이고, 뭐는 아닌지 알아야겠어.

— 개는 어떻게 됐나요?

— 숨을 헐떡이면서 꼬리를 흔드는데, 뒷다리가 하나 없어.

— 네, 이건 아주 중요해요. 이건 우리가 찾고 있는 것과 연관이 많아요.

— 개는 길을 건너 잠시 나를 바라보더니 집들이 있는 쪽으로 계속 가. 주변에 아무도 보이지 않는데다가, 이상한 일은 내게 항상 경고로 느껴지기 때문에, 나는 집으로 돌아가.

— 이제 뭔가가 일어날 거예요.

— 그래. 집에 도착해 보니 카를라가 문 앞에서 기다리

고 있는 거야. 집에서 몇걸음 물러서서 위쪽을 올려다보더라고. 아마 창문으로 방을 들여다보는 거겠지. 빨간 면 원피스 차림에 어깨에선 아직도 비키니 끈이 살짝 보여. 카를라는 절대 집 안으로 들어오는 법이 없어. 항상 밖에서 나를 기다리고, 우리는 밖에서 수다를 떨고 일광욕을 하지. 내가 레모네이드를 가지러 들어가거나 자외선차단제를 바르러 들어갈 때에도 그녀는 늘 밖에서 기다려.

—네.

—카를라는 지금 나를 보고 서 있어. 나한테 뭔가 말하고 싶지만 다가올지 말지 망설이는 것 같아. 뭐가 더 나을지 정하지 못하는 것처럼 보이더라고. 그 순간 난 무시무시할 정도로 분명히 실이 팽팽하게 당겨지는 걸, 구조 거리가 변하는 걸 느껴.

—이건 정확한 순간과 직접적으로 관련이 있어요.

—카를라는 무슨 일이 일어나는지 이해하지 못하겠다는 의미로 양손을 올려. 나는 무시무시한 불행이 다가오고 있다는 예감이 들어.

"왜요? 무슨 일이에요?" 나는 이제 그녀를 향해 뛰어가

다시피 하며 소리쳐 물어.

"당신 집에 있어요. 다비드가 당신 집에 있다고요."

"우리 집에 있다니요?"

카를라는 2층에 있는 내 딸아이의 방 창문을 가리켜. 손바닥 하나가 유리를 꾹 누르더니 뒤이어 니나가 웃으며 나타나. 아마 의자나 책상 위에 올라간 걸 거야. 니나는 나를 보더니 유리창 너머로 내게 손을 흔들어. 즐겁고 평온해 보여. 그래서 잠시 나는 불행에 대한 예감이 제대로 작동하지 않은 데 감사하지. 전부 다 잘못된 경보라는 데에.

— 하지만 그렇지 않죠.

— 맞아. 니나가 뭔가를 말하는데 나한테는 안 들려. 그래서 아이는 흥분한 채 두 손을 확성기처럼 모으고 또다시 말하지. 그때 내가 집을 나서면서 더위 때문에 위층과 아래층 창문을 모두 열어둔 게 생각나. 지금은 전부 닫혀 있어.

"열쇠 있죠?" 카를라가 물어. "문을 열려고 했는데 둘 다 잠겨 있더라고요."

나는 집 쪽으로 걸어가, 거의 뛰다시피. 카를라는 내 뒤를 따라 달려와.

"빨리 들어가야 돼요." 카를라가 재촉해.

이건 미친 짓이야, 나는 생각해. 다비드는 어린아이일 뿐이야. 하지만 달리는 걸 멈출 수가 없어. 나는 주머니를 뒤져 열쇠를 찾아. 너무 긴장한 나머지 손가락 사이에 이미 열쇠가 있는데도 그걸 제대로 꺼내지 못해.

"빨리요, 서둘러요." 카를라가 채근해.

이 여자와 거리를 둬야겠어. 마침내 가까스로 열쇠를 꺼내면서 속으로 생각해. 나는 문을 열고 그녀가 뒤따라 들어오도록 두고, 카를라는 내 뒤를 바짝 따라와. 이거야 말로 공포 그 자체야, 내 딸아이를 찾아 잘 알지도 못하는 집으로 들어오다니. 나는 너무 무서워서 아이 이름을 입 밖에 내지도 못해. 나는 계단을 뛰어 올라가고, 카를라도 뒤따라 올라와. 무슨 일이 일어나는 중이건 얼마나 끔찍하기에 너희 엄마가 마침내 이 집 안으로 들어올 생각을 다 했을까.

"빨리요, 빨리." 카를라가 독촉해.

이 여자를 당장 우리 집에서 내보내야겠어. 우리는 두

세발짝 만에 첫번째 계단을 올라가고, 그렇게 두번째 계단도 올라가. 복도 양옆에 방이 두개씩 있어. 니나가 손을 흔들던 첫번째 방에는 아무도 없어. 나는 필요 이상으로 그곳에 머물러. 아이들이 숨어 있을지도 모른다는 생각 때문이야. 두번째 방에도 애들은 없어. 나는 구석과 예상 밖의 장소들을 샅샅이 살펴봐. 마치 내 마음이 은밀히 뭔가 무지막지한 광경을 맞닥뜨릴 각오를 한 것처럼. 세번째는 내 방이야. 이전 방과 마찬가지로 문이 닫혀 있어. 나는 잽싸게 문을 열고 방 안으로 몇걸음 들어가. 다비드야. 그러니까 이 아이가 다비드구나, 나는 속으로 말해. 널 처음으로 보는 거지.

— 네.

— 너는 방 한가운데에 서 있어. 우리를 기다리고 있던 것처럼 문 쪽을 바라보면서. 어쩌면 우리가 왜 이렇게 호들갑인지 의아해하는 중일지도 몰라.

"니나는 어딨니?" 내가 너한테 물어봐.

너는 대답이 없어.

— 그때 니나가 어디 있는지는 저도 몰라요. 아주머니도 그

때 처음 봤고요.

— "니나 어딨냐니까?" 나는 이번엔 소리를 지르면서
되물어.

내가 흥분하지만 너는 겁을 내지도, 놀라지도 않아. 넌
피곤하고 심심해 보여. 피부에 흰색 반점만 없다면 평범
한 보통 아이일 텐데. 그게 내가 한 생각이야.

"엄마." 니나가 부르는 소리야.

나는 다시 복도로 나가. 니나가 카를라의 손을 잡은 채
겁먹은 얼굴로 나를 바라보고 있어.

"무슨 일이에요?" 니나가 미간을 찌푸리며 물어봐. 당
장 울음을 터뜨릴 것만 같아.

"괜찮아? 너 괜찮니, 니나?" 내가 물어.

니나가 망설여. 하지만 그건 아마도 내가 카를라에게,
그리고 그녀의 온갖 광기에 화가 단단히 나서 분노하는
모습을 보고 있기 때문일 거야.

"이건 정신 나간 짓이에요." 나는 너희 엄마를 비난해.
"당신 완전히 미쳤어."

니나가 카를라에게서 떨어져.

너는 혼자야, 나는 속으로 말해. 그러니까 가능한 한 빨리 이 여자를 집에서 내보내는 게 좋겠어.

"다비드와의 일은 항상 이렇게 끝나요." 카를라의 눈에 눈물이 고여.

"다비드는 아무 짓도 안했어요!" 그리고 지금 나는 정말로 소리를 지르고 있어. 이제 미친 사람처럼 보이는 건 나야. "망상 때문에 우리 모두에게 겁을 주고 있는 건 당신이잖……"

나는 너를 봐. 너는 눈이 빨갛고, 눈과 입 주위의 피부가 보통보다 약간 더 얇고 조금 더 희불그레해.

"당장 나가요." 나는 카를라에게 말하지만 너를 바라보고 있어.

"가자, 다비드."

너희 엄마는 널 기다려주지 않아. 그녀는 혼자 걸어가서 아래층으로 내려가. 빨간 원피스와 금색 비키니를 입고, 몸을 꼿꼿이 세우고 우아하게. 니나의 작고 보드라운 손이 내 손을 살며시 잡는 게 느껴져. 너는 움직이지 않아.

"너희 엄마랑 가." 내가 너한테 말해.

너는 싫다고도 안하고, 아무 대꾸를 안해. 스위치를 끈
것처럼 생기 없이 그렇게 있어. 나는 네가 꿈쩍도 안해서
화가 나지만 지금은 카를라에게 더더욱 화가 나 있기 때
문에 내려가서 카를라가 집에서 나가는 걸 확인하기로
해. 하지만 날 놓아주지 않으려는 니나의 걸음에 맞춰 천
천히 가야 돼. 지금 부엌에서 카를라는 나가기 전에 나한
테 뭔가 말하려고 뒤를 돌아봐. 그러나 내 눈길을 보고는
단념하고 말없이 집 밖으로 나가. 이게 그 순간이니?

— 아니요, 이건 정확한 순간이 아니에요.

— 내가 찾는 게 정확히 뭔지 모르니 힘들어.

— 몸속에 있는 거예요. 하지만 거의 감지할 수가 없어서 주
의를 기울여야 하죠.

— 그래서 세세한 점들이 그토록 중요한 거구나.

— 맞아요, 그래서 그래요.

— 하지만 내가 어떻게 그들이 우리 사이에 그토록 빨
리 끼어들도록 내버려둘 수 있었을까? 잠든 니나를 몇분
간 혼자 내버려두는 것이 어떻게 그토록 큰 위험과 광기
를 의미할 수 있을까?

──이건 정확한 순간이 아니에요. 여기에 시간 낭비하지 말자고요.

──왜 그렇게 빨리 가야 되니, 다비드? 시간이 얼마 안 남았니?

──아주 조금 남았어요.

──니나는 여전히 부엌에 있어. 어리둥절한 눈으로 나를 바라보면서, 불안을 혼자 떨쳐내면서. 나는 아이가 앉을 수 있도록 의자를 가까이 당겨주고 간식을 준비해. 안절부절못하지만 손을 바삐 놀리면서 아이에게 무슨 일인지 설명하지 않아도 될 구실을 얻고, 생각할 시간을 벌지.

"다비드도 간식 같이 먹어요?" 니나가 물어.

나는 주전자를 불에 올려놓고 위쪽을 쳐다봐. 나는 네 눈을 떠올리고, 네가 여전히 방 한가운데에 서 있을지 궁금해해.

──왜죠? 이건 정말 중요해요.

──모르겠어, 지금 생각해보면 내가 두려워하는 건 네가 아니야.

──그럼 뭔데요?

—너는 그게 뭔지 아니, 다비드?

—네, 그건 벌레랑 관계있어요. 우린 정확한 순간에 점점 더 가까워지고 있어요.

—나는 경계하며 의자에 꼿꼿이 앉아.

—왜 그러세요? 무슨 일이죠?

—밖에 네가 보여, 마당에. 하지만 네가 어디로, 어떻게 내려왔는지 도무지 이해가 안돼. 나는 줄곧 계단을 주시하고 있었거든. 너는 카를라가 거기 놓고 간 샌들로 다가가더니 그걸 집어들고 수영장 가장자리로 걸어가서 물속에 던져. 주위를 둘러보더니 카를라의 타월과 스카프를 발견하고는 그것들도 물속으로 던져. 근처에 내 샌들과 안경이 있고 너는 그것들을 보지만 관심이 없는 것 같아. 지금 네가 햇빛을 받고 있어서 난 네 몸에 전에 보지 못한 반점들이 있는 걸 보게 돼. 반점의 색이 진하지는 않아. 하나는 네 이마의 오른쪽 부분과 입의 거의 전체를 뒤덮고 있고, 다른 반점들은 두 팔과 다리 한쪽을 뒤덮고 있어. 네가 카를라를 많이 닮아서 나는 네가 반점만 없다면 정말 멋진 소년일 거라고 생각해.

—그리고요?

—나는 진정되고 있어. 네가 가는 중이거든. 그리고 마침내 네가 시야에서 사라지자 한결 침착해져. 나는 창문을 활짝 열고, 거실 소파에 잠시 앉아 있어. 거긴 전략적인 장소야. 거기서는 대문, 마당, 수영장이 다 보이고 반대쪽으로는 부엌을 계속 지켜볼 수 있거든. 니나는 계속 자리에 앉아 마지막 남은 쿠키를 먹고 있어. 평소처럼 쾌활하게 집 주위를 돌기에 적절한 때가 아니라는 걸 눈치챈 것 같아.

—그리고 또요?

—나는 결정을 내려. 더이상 여기에 있고 싶지 않다는 걸 깨달아. 구조 거리가 이제 너무 팽팽히 당겨져서 나는 딸에게서 몇미터 이상 떨어져 있지 못할 것 같아. 집, 주변, 마을 전체가 내 눈에 안전하지 못한 곳으로 보이는데 위험을 무릅쓸 이유가 전혀 없잖아. 이다음에 해야 할 일은 가방을 싸서 떠나는 거라는 걸 너무나도 잘 알아.

—그런데 뭐가 걱정이에요?

—나는 이 집에서 하룻밤도 더 보내고 싶지 않아. 하

지만 당장 출발하면 너무 긴 시간 동안 어둠속에서 운전하게 되겠지. 나는 단지 겁먹은 것뿐이라고, 오늘은 쉬고 내일 더 차분하게 생각하는 게 낫다고 스스로를 다독여. 그러나 끔찍한 밤이야.

—왜죠?

—내가 잘 못 자니까. 나는 여러번 잠을 깨. 가끔 나는 방이 너무 커서 그런 거라고 생각해. 마지막으로 잠에서 깼을 때도 아직 어둡더라고. 비가 내리고 있지만, 그건 눈 뜰 때 나를 불안하게 만드는 게 아니야. 니나의 취침등이 내뿜는 보라색 불빛 때문에 불안한 거지. 나는 니나의 이름을 부르지만 아이는 대답하지 않아. 나는 침대에서 나와 가운을 걸쳐. 니나가 제 방에도 없고 화장실에도 없어. 나는 난간을 꼭 붙잡고 계단을 내려가. 아직 잠이 덜 깼거든. 부엌 불이 켜져 있어. 니나는 식탁 앞에 앉아 있고 바닥에 닿지 않는 아이의 작은 맨발이 건들거리고 있지. 나는 몽유병에 걸린 아이들이 그러는지, 너도 밤에 그러는지 궁금해져. 카를라가 네 침대가 비어 있고 네가 집에 없는 걸 발견했다는 밤에 말이야. 하지만 물론 그건 지금 중

요하지 않지, 안 그래?

　—네.

　—나는 부엌을 향해 몇걸음 더 걸어가. 그러자 니나의 맞은편에 남편이 앉아 있는 게 보여. 이건 일어날 리 없는 장면이야. 남편이 들어오는 소리를 어떻게 내가 못 들었겠어? 게다가 그이는 주말 전까진 올 수 없을 텐데. 나는 부엌 입구에 기대. 뭔가가 일어나고 있어, 뭔가가 일어나고 있다고, 나는 속으로 말해. 하지만 아직 잠에서 완전히 깨진 못했어. 남편은 깍지 낀 손을 식탁 위에 올려둔 채야. 니나를 향해 몸을 숙이고 미간을 찌푸린 채 아이를 바라보고 있어. 그러고는 나를 바라봐.

　"니나가 당신한테 할 말이 있대." 남편이 말해.

　하지만 니나는 제 **아빠**를 바라보고 아빠의 깍지 낀 손을 따라 할 뿐 아무 말이 없어.

　"니나……" 남편이 아이 이름을 불러.

　"저는 니나가 아니에요." 니나가 말문을 열어.

　아이는 의자에 등을 기대고, 전에 한번도 본 적 없는 자세로 다리를 꼬아.

"엄마한테 왜 네가 니나가 아닌지 말씀드려." 남편이 말해.

"이건 실험이에요, 아만다 아주머니." 아이는 이렇게 말하고 내 쪽으로 깡통을 하나 내밀어.

남편이 깡통을 잡고 내가 라벨을 볼 수 있도록 돌려. 내가 사지 않는, 그리고 앞으로도 절대 사지 않을 브랜드의 완두콩 통조림이야. 우리가 먹는 것보다 알이 굵고, 훨씬 더 딱딱하고 투박하고 저렴한 종류의 완두콩. 나라면 우리 가족에게 먹이기 위해 절대 선택하지 않을 제품이고, 그러니까 니나가 우리 집 찬장에서 꺼냈을 리 없는 제품이지. 식탁 위에서, 그 새벽 시간에 깡통은 심상찮은 존재감을 드러내고 있어. 이건 중요해, 안 그러니?

— 이건 아주 중요해요.

— 나는 아이에게 다가가.

"니나, 그 깡통 어디서 났니?" 내 질문은 내가 의도한 것보다 더 딱딱하게 들려.

그러자 니나가 대답해.

"누구한테 하시는 말씀인지 모르겠는데요, 아만다 아주

머니."

나는 남편을 바라봐.

"우리가 지금 누구랑 얘기 중이지?" 남편이 그 놀이를 따라 하며 물어.

니나가 입을 벌리지만 아무 소리도 나오지 않아. 아이는 마치 비명을 지르거나 반대로 비명을 삼키는 것처럼, 마치 다량의 공기를 들이마셔야 하는데 공기가 없는 것처럼 몇초간 입을 크게, 아주 크게 벌리고 있어. 내가 니나에게서 한번도 본 적 없는 소름 끼치는 몸짓이야. 남편은 식탁 위에서 아이 쪽으로 몸을 숙이더니 이어서 몸을 좀더 숙여. 그저 믿어지지가 않아서 그러는 걸 거야. 마침내 니나가 입을 다물자 그이도 갑자기 다시 자리에 앉아. 마치 내내 누군가가 눈에 보이지 않는 옷깃을 붙잡고 그를 세워두었다가 막 놓아주기라도 한 것처럼.

"저는 다비드예요." 니나가 말하며 내게 웃어 보여.

── 농담하시는 거죠? 아니면 지금 얘기를 지어내시는 건가요?

── 아니야, 다비드. 이건 꿈이야, 악몽이지. 나는 불안에 떨며 잠을 깨, 이번엔 완전히 정신을 차려. 새벽 5시인

데 몇분 후에 벌써 나는 우리가 가져온 여행가방 세개를 꾸리기 시작해. 7시에는 준비를 거의 끝내. 다비드, 너는 이렇게 자세히 말하는 걸 좋아하지.

—필요해서 그래요. 기억해내는 데 도움이 되거든요.

—사실 내가 이렇게 불안해하는 게 터무니없다는 생각이 자꾸만 들어. 니나는 방에서 아직 자는 중인데 벌써부터 짐을 차에 싣고 있는 내가 어리석게 느껴져.

—도망치려는 거죠.

—맞아. 하지만 결국 그러진 못해, 그렇지?

—네.

—왜일까, 다비드?

—그게 바로 우리가 찾아내려고 하는 거예요.

—나는 니나의 방으로 올라가. 아이의 방에 물건이 몇가지 남아 있어서 난 아이에게 일어나라고 하면서 그애의 가방에 물건을 담아. 차를 우려서 포장된 쿠키와 함께 아이에게 가져다준 참이야. 아이는 일어나 침대에서 아침을 먹어. 아직 잠이 덜 깬 상태로, 내가 마지막 남은 옷을 개고, 자기 연필을 챙겨넣고, 책을 차곡차곡 쌓는 걸 봐. 너

무 졸려서 우리가 어디 가는 건지, 왜 예정보다 빨리 돌아가는지 알려고도 하지 않아. 우리 어머니는 나쁜 일이 생길 거라고 말씀하셨어. 머잖아 그런 일이 일어날 거라고 확신하셨지. 지금은 나도 그걸 분명하게 알 수 있고, 그것이 돌이킬 수 없는 명백한 운명처럼 우리를 향해 다가오는 걸 느낄 수 있어. 이제 구조 거리는 거의 없다시피 해, 실이 너무 짧아서 나는 방 안에서조차 거의 움직이지 못해. 니나에게서 거의 떨어질 수가 없어서 옷장까지 가서 마지막 남은 물건들을 챙기지도 못하고.

"어서 일어나." 내가 채근해. "지금 당장, 얼른."

니나가 침대에서 나와.

"자, 신발 신자. 이 외투도 입고."

나는 아이에게 손을 내밀고, 우리는 계단을 함께 내려가. 위층에는 니나의 취침등이 보라색 불빛을 내뿜고 있고, 아래층에는 부엌 불이 켜져 있어. 모든 게 꿈에서 본 것과 같아, 나는 속으로 말해. 하지만 내가 니나의 손을 잡고 있는 한, 이상할 정도로 뻣뻣해진 아이의 몸이 나를 부엌에서 기다리는 일은 없을 거야. 니나가 나한테 네 목소리로 말을 할 일도, 식탁 위에 완두콩 통조림도 없을 거야.

─좋네요.

─이제 밖이 어슴푸레 밝아와. 니나를 곧장 차로 데려가는 대신 아이가 나한테서 떨어지지 않도록 나랑 같이 물건을 나르게 해. 또 덧문을 닫으면서 함께 집 안을 한바퀴 돌아봐.

─시간 낭비하시는 거예요.

─그래, 나도 알아.

─알면서 왜 그러시는데요?

─생각 중이야. 덧문을 닫으면서 나는 카를라와 널 생각해. 그리고 나도 이 광기의 일부라고 속으로 말해.

─네.

─내 말 뜻은, 너희 엄마의 공포에 내가 정말로 속아 넘어가지 않았다면 이런 일이 아예 일어나지 않았을 거라는 거야. 그랬다면 나는 이 시간에 일어나 비키니를 입고 8시의 햇살을 마음껏 즐기고 있었겠지.

─네.

─그러니까 내 책임도 있어. 너희 엄마를 위해 그녀의

78

광기를 확인시켜주려고. 하지만 너희 엄마가 정말로 미치진 않을 거야.

— 그럴까요?

— 그래. 그래서 내가 너희 엄마한테 말해줘야 하는 거야.

— 카를라랑 얘기하실 생각이군요.

— 어제 내가 소리 지른 걸 사과할 생각이야. 그리고 다 괜찮다고, 그러니까 마음을 가라앉혀야 된다고 그녀를 설득하려고 해.

— 실수하시는 거예요.

— 그러지 않으면 내가 마음 편히 떠나질 못해. 도시로 돌아가서도 여전히 이 모든 광기를 생각하게 될 거야.

— 카를라랑 얘기하시는 건 실수예요.

— 나는 전체 전원 스위치를 끄고 집 현관문을 잠가.

— 지금은 마을을 떠날 때예요, 지금이 바로 그때라고요.

— 나는 우편함에 열쇠를 넣어둬. 헤세르 씨가, 우리가 떠나는 날엔 그러라고 했거든.

— 하지만 카를라를 만나시겠다는 거죠.

—이것 때문에 내가 해내지 못하는 거니?

—네, 이것 때문이에요.

—우리는 동틀 때 출발해. 읍내 반대 방향으로 차를 몰아 몇미터 가다가 너희 집 앞에 멈춰. 나는 한번도 너희 집에 들어간 적이 없고, 들어가고 싶지도 않아. 그래서 이 사실을 깨닫고는 희소식으로 느껴. 너희 집 불이 꺼져 있고, 오늘이 화요일이라는 거 말이야. 시골에서는 모든 게 너무 일찍 시작되니까 아마 너희 엄마는 벌써 소토마요르 씨의 사무실에 있겠지. 거긴 읍내 쪽으로 1킬로미터 정도 떨어져 있어. 이제 마음이 좀 놓여, 나는 이걸 내가 옳은 일을 하고 있다는 신호로 받아들여. 니나는 뒷자리에 앉아서 우리가 너희 집과 멀어지는 모습을 잠자코 바라봐. 걱정하는 것 같진 않아. 아이는 안전벨트를 매고, 평소대로 좌석에 책상다리를 하고 앉아 두더지 인형을 안고 있어. 소토마요르 씨의 경작지는 영주의 저택 같은 큰 집에서 시작돼 뒤로 끝없이 펼쳐져. 보도는 보이지 않지만, 도로와 집 사이에 잔디밭이 있어. 그 뒤에는 중간 크기의 헛간이 두채 있고, 경작지 초입 저 너머에는 곡식 저장탑이

일곱동이나 있어. 집 끄트머리의 잔디밭 위에 주차된 다른 자동차들 옆에 나도 차를 대. 나는 니나에게 같이 내리자고 해. 문이 열려 있어서 우리는 손을 잡고 들어가. 카를라가 나한테 말한 대로 그 집은 집이라기보다는 사무실에 가까워. 마테를 마시는 남자 두명과 뚱뚱하고 젊은 여자가 한명 있어. 여자는 작은 소리로 종이의 각 장에 쓰인 제목을 일일이 읽으며 서류에 사인하고 있어. 남자 한명이 고개를 끄덕여, 여자의 업무 내용을 마음속으로 따라가는 것처럼. 모두들 우리를 보자 하던 걸 멈추고, 여자는 우리에게 무슨 일이냐고 물어.

"카를라를 찾는데요."

"아." 여자는 우리 둘을 다시 훑어봐. 한번 본 것만으론 충분하지 않은 것처럼. "잠깐만요, 곧 돌아올 거예요."

"마테 좀 드실래요?" 식탁에 앉아 있는 남자들이 마테잔을 들어 보여. 나는 둘 중에 소토마요르 씨가 있을까 궁금해져.

나는 고개를 저어. 우리가 소파 쪽으로 가는데 카를라가 벌써 돌아와. 아무도 우리가 와 있다고 카를라에게 알려주지 않는데다가 그녀는 생각에 잠긴 채 다가오느라 우리를 보지 못해. 빳빳하게 풀을 먹여 다린 흰색 셔츠를 입고 있는데, 나는 그녀의 금색 비키니 끈이 비어져 나오지 않아서 놀라다시피 해.

　—우린 더 빨리 가야 해요.

　—왜? 시간이 다 되면 어떻게 되는데?

　—세세한 점을 아는 게 중요해지면 말씀드릴게요.

　—카를라는 우리를 보고 깜짝 놀라. 무슨 안 좋은 일이 생긴 거라 짐작하고 겁을 내더라고. 그녀는 니나를 곁눈질해. 나는 아무 일 없다고 말해. 그저 어제 일을 사과하고 싶다고, 그리고 지금 떠난다고.

"어디로요?"

"돌아가려고요," 내가 대답해. "수도로 다시 가려고요."

그녀가 얼굴을 찡그리는 걸 보니 안쓰러워. 아니면 죄책감일까, 잘 모르겠어.

"남편한테 일이 생겨서요, 돌아가게 됐어요."

"지금이요?"

우리가 작별인사도 하지 않고 떠났다면 너희 엄마한테

는 더욱 끔찍했을 거야. 어색하긴 하지만 나는 너희 엄마를 만나러 들르길 잘했다고 생각해.

— 하지만 그건 좋은 생각이 아니에요.

— 이미 벌어진 일이잖니.

— 이건 전혀 좋지 않아요.

— 너희 엄마 얼굴이 순식간에 아쉬운 표정으로 바뀌어. 우리가 오마르 씨의 마구간을 보았으면 하더라고. 지금은 버려져 있지만, 소토마요르 씨의 땅과 접해 있으니 여기서 쉽게 갈 수 있다면서.

— 이제 곧 중요한 일이 일어날 거예요. 또 무슨 일이 있나요? 아주머니 주위에선 무슨 일이 일어나고 있죠?

— 맞아, 다른 일이 벌어지고 있어. 너희 엄마가 자기랑 같이 가자고 우리를 설득하려 애쓰는 동안에 밖에서 말이야. 트럭이 한대 와서 멈추는 소리가 들려. 마테를 마시던 두 남자가 기다란 비닐장갑을 끼고 밖으로 나가. 밖에서 또다른 남자의 목소리가 들려. 아마 트럭 운전사 같아. 카를라는 서류를 갖다놓고 와서 곧장 우리를 마구간에 데려다주겠다며, 우리더러 밖에서 기다리라고 해. 그때 무슨

소음이 들려. 무거운 플라스틱 같은 게 떨어진 모양인데 깨지진 않은 것 같아. 우리는 카를라를 두고 밖으로 나가. 밖에서는 남자들이 드럼통을 내리고 있어. 드럼통이 커서 한 손으로 하나씩 잡고 옮기는 데 애를 먹고 있어. 엄청나게 많아. 트럭이 온통 드럼통 천지야.

— 바로 이거예요.

— 드럼통 하나가 헛간 입구에 따로 놓여 있어.

— 이게 바로 중요한 일이에요.

— 이게 중요한 일이라고?

— 네.

— 이게 어떻게 중요할 수가 있지?

— 그리고 또요?

— 니나가 트럭 근처 잔디밭에 앉아. 남자들이 일하는 모습을 넋이 나간 듯 바라보지.

— 남자들은 정확히 뭘 하고 있나요?

— 트럭 짐칸에 한명이 있는데 그 사람이 드럼통을 내려줘. 다른 두 남자는 번갈아가며 드럼통을 받아서 안으로 운반하고. 그들은 다른 문으로, 좀더 멀리 떨어진 헛간

의 큰 문으로 들어가. 드럼통 개수가 많아서 사람들이 여러번 왔다 갔다 해. 햇살은 따갑지만 시원하고 무척 상쾌한 바람이 불어. 나는 이제 이별이라는 생각이 들고, 아마이것이 니나가 작별을 고하는 방식인 것 같다고 생각해. 그래서 나도 니나 옆에 앉아 남자들이 작업하는 모습을 함께 지켜보지.

—그동안 또다른 일은요?

—다른 건 특별히 기억나지 않아. 그게 다야.

—아니요, 다른 일이 더 있어요. 아주머니 주변에, 아주 가까운 곳에요. 분명히 다른 일이 더 있어요.

—그게 다라니까.

—구조 거리는요.

—나는 딸아이한테서 10센티미터밖에 안 떨어져 있어, 다비드. 구조 거리라고 할 것도 없어.

—틀림없이 있어요. 종마가 탈출하고 제가 거의 죽을 뻔한 날 오후에 카를라도 저한테서 1미터밖에 떨어져 있지 않았거든요.

—그날에 대해 너한테 물어보고 싶은 게 많아.

—지금은 그럴 때가 아니에요. 뭔가 느껴지지 않으세요? 다

른 무언가와 관련되어 있을지 모른다는 느낌?

　—다른 무언가와?

　—또 무슨 일이 일어나고 있나요?

　—카를라는 한참 있다 밖으로 나와. 우리는 모든 것에 너무 가까이 있어. 남자들이 일하는 한복판에서 걸리적거리다시피 하고 있지. 하지만 작업은 천천히 기분 좋게 진행되고, 남자들은 붙임성이 좋아서 니나에게 자꾸 웃어줘. 드럼통을 다 내리자 남자들은 운전사에게 인사를 하고 트럭은 떠나가지. 남자들은 다시 집으로 들어가고, 우리는 잔디밭에서 일어나. 시계를 보니 벌써 8시 45분이더라고. 이런저런 일이 벌어지는 사이에 어느새 하루가 시작된 거지. 니나가 제 옷을 바라보더니 몸을 돌려 엉덩이와 다리 쪽을 확인해.

　—왜죠? 무슨 일인가요?

　—"무슨 일이니?" 나는 니나에게 물어.

　"축축해요." 니나가 살짝 화가 난 투로 말해.

　"어디 보자……" 나는 아이의 손을 잡고 아이를 돌아서게 해. 옷 색깔 때문에 어디가 얼마나 젖었는지 알아볼 수가 없어. 그래서 옷을 만져보니까 정말 축축하더라고.

"이슬이야." 나는 아이에게 말해. "걷다보면 마를 거야."

—바로 이거예요. 이게 바로 그 순간이에요.

—그럴 리가 없어, 다비드. 내가 말한 것 말고 다른 일
은 정말 없다니까.

—그렇게 시작되는 거예요.

—하느님 맙소사.

—니나는 뭐 하고 있어요?

—참 예쁜 아이야.

—니나는 뭐 하냐고요.

—저쪽으로 걸어가고 있어.

—멀리 가게 두지 마세요.

—그애는 잔디를 바라봐. 제가 겪은 자그마한 불행을
믿을 수 없다는 듯이 손으로 잔디를 만져보고 있어.

—구조 거리는 어떻게 됐나요?

—아무 문제 없어.

—아니에요.

—니나가 얼굴을 찡그려.

"괜찮니, 니나?" 내가 물어봐.

아이는 코에 손을 갖다대고 냄새를 맡아봐.

"냄새가 너무 심해요." 니나가 말해.

카를라가 집 밖으로 나와, 드디어.

— 카를라는 중요하지 않아요.

— 하지만 나는 너희 엄마 쪽으로 걸어가. 아무래도 마구간에 가는 건 그만두자고 그녀를 설득해보려는 생각이야.

— 니나를 혼자 두지 마세요. 지금 그 일이 일어나고 있다고요!

— 카를라는 핸드백을 들고 웃으며 다가와.

— 딴생각하지 마세요.

— 그다음에 일어날 일을 내가 선택할 수는 없어, 다비드. 나는 니나 쪽으로 돌아갈 수 없어.

— 지금 그 일이 일어나고 있어요.

— 무슨 일 말이니, 다비드? 하느님 맙소사, 도대체 무슨 일이 일어나고 있는 거니?

— 벌레요.

— 안돼, 제발.

―아주 나쁜 일이에요.

　　―그래, 실이 바짝 당겨지지만 나는 정신이 딴 데 팔려 있어.

　　―니나는 어떤가요?

　　―모르겠어, 다비드, 모르겠다고! 나는 바보처럼 카를라에게 말을 걸고 있어. 마구간까지 걸어가는 데 시간이 얼마나 걸리나 물어보는 중이야.

　　―안돼, 안돼요.

　　―난 아무것도 할 수 없어, 다비드. 이렇게 니나를 잃는 걸까? 실이 너무 팽팽해서 배를 조이는 게 느껴져. 무슨 일이 일어나고 있는 거니?

　　―이게 가장 중요한 거예요. 이게 바로 우리가 알아야 할 일이라고요.

　　―왜?

　　―지금 느낌이 어때요, 정확히 지금?

　　―나도 흠뻑 젖었어. 축축해, 맞아, 지금 느낌은 그래.

　　―전 그런 뜻으로 물은 게 아닌데요.

　　―나도 축축하다는 건 중요하지 않니?

──중요해요. 하지만 우리가 이해해야 할 건 아니에요. 아만
다 아주머니, 지금이 바로 그 순간이에요, 정신을 딴 데 쏟지 마
세요. 그게 어떻게 시작되는지 알고 싶어서 우리가 정확한 순간
을 찾고 있는 거니까요.

　　──실은 난 다른 일에 집중하고 있어. 지금 그걸 느껴,
그래, 내가 흠뻑 젖었다는 거.

　　──아주 서서히 일어나네요.

　　──산들바람이 불면서 젖은 곳이 차가워지고, 바지의
엉덩이 부분이 척척한 게 느껴져. 카를라는 이십분 정도
밖에 안 걸린다며, 마구간이 바로 이 근처라고 말해. 나는
나도 모르게 내 바지를 봐.

　　──니나가 아주머니를 쳐다봐요.

　　──그래.

　　──그애는 이게 좋지 않다는 걸 알고 있어요.

　　──하지만 이건 이슬이야. 난 이슬이라고 생각해.

　　──이슬이 아니에요.

　　──그럼 뭐니, 다비드?

　　──바로 지금 아주머니가 무엇을 느끼시는지 알기 위해 우리

가 여기까지 온 거예요.

─실 때문에 배가 약간 당기는 느낌이고, 혀 밑에서 뭔가 살짝 신맛이 나.

─신맛인가요, 쓴맛인가요?

─써, 쓴맛이야, 맞아. 하지만 너무 미미해, 하느님 맙소사, 너무 미미해서 감지하기도 어려워. 우리 셋은 걷기 시작해서 목초지를 가로질러 경작지로 깊숙이 들어가. 니나가 즐거워해. 카를라는 니나에게 마구간에 우물도 있다고 말해. 그러자 니나도 빨리 가보고 싶어서 신나해. 아이의 기분이 바뀐 거지.

─얼마 만에요?

─금세. 바로 잊더라고. 나도 그렇고.

─무엇 때문에 젖은 건지 다시 궁금해하실까요?

─아니, 다비드.

─손 냄새를 맡아보실 건가요?

─아니.

─아무것도 하지 않으실 건가요?

─응, 다비드. 난 아무것도 안할 거야. 우리는 산책을

할 거고, 심지어 난 이곳을 떠나는 게 잘하는 일인지 의심할 거야. 우리는 이야기를 나누고, 풀이 무릎까지 오는 목초지에서 햇살을 받으며 계속 걸어가. 완벽하달 수 있는 순간이지. 카를라가 나한테 소토마요르 씨 얘기를 해. 너희 엄마가 주문 스프레드시트를 어떻게 정리할지에 대해 몇가지 결정을 했더니 소토마요르 씨가 아침 내내 칭찬했다고.

─지금 당장 무슨 일이 일어나고 있는지 모르시겠어요?

─모르겠어, 다비드. 니나가 우물을 보고 달려가. 마구간엔 지붕은 없고 불에 탄 벽돌만 남아 있더라고. 아름다운 풍경이지만 황량하기도 하지. 그래서 카를라에게 어쩌다 불이 난 건지 물었더니 카를라는 언짢은 것 같더라고.

"마테를 가져왔어요." 카를라가 말해.

나는 니나에게 조심하라고 말해. 나는 어쩌나 마테를 마시고 싶은지, 그리고 차를 타고 네시간 반 동안 수도까지 운전하기가 어쩌나 싫은지 깜짝 놀라. 소음으로, 기름때로, 거의 모든 것의 체증으로 돌아가고 싶지 않아서.

─정말 이곳이 더 좋아 보이세요?

—나무 몇그루가 모여 그늘을 드리우는 곳에서 우리는 나무 밑둥에 걸터앉아, 우물 가까이에. 콩밭이 양쪽으로 펼쳐져 있어. 모든 게 더없이 푸르러, 향기로운 푸른색이야. 니나가 우리 조금만 더 있다 가면 안되냐고 물어봐. 아주 쪼끔만 더.

　　—전 더이상 관심이 안 가네요.

　　—"많은 일이 있었네요." 내가 카를라에게 말해.

　　카를라는 마테 잔을 꺼내면서 눈살을 찌푸리지만 내 말이 무슨 뜻인지 물어보진 않아.

　　"내 말은, 당신이 다비드에 대해 들려주기 시작한 뒤부터 말이에요."

　　—이건 정말로 우리를 어디로도 데려다주지 못해요. 지금 시간이 얼마나 귀중한지 아신다면 이런 얘길 하는 데 쓰진 않으실 텐데.

　　—난 이 순간이 좋아. 우리 셋 다 평온하거든. 이후엔 모든 것이 나빠지기 시작하잖아.

　　—정확히 언제 나빠지기 시작하나요?

　　—"다비드는 어떻게 된 건가요? 뭐가 그렇게 많이 변

했어요?" 내가 카를라에게 물어.

"반점이요." 카를라가 대답하면서 어린아이처럼 마음 내키는 대로 한쪽 어깨를 으쓱해. "처음에 가장 거슬린 건 반점이었어요."

니나는 우물 주위를 걸어다녀. 몇걸음 걸을 때마다 멈춰서서 벽돌 위로 몸을 기대고선 어둠을 향해 제 이름을 말하기도 하고 귀부인처럼 우아한 말씨로 "우리는 매료되었어요"라고 말하기도 해. 아이의 목소리가 메아리가 되어 좀더 낮게 울려. 메아리가 "안녕" "니나" "안녕, 나는 니나고 우리는 매료되었어요"라고 말해.

"하지만 다른 것도 있었어요." 카를라가 말을 이으며 내게 마테 잔을 건네. "당신은 내가 과장하고 있다고, 아이를 돌게 만드는 게 나라고 생각하죠. 어제 당신이 소리 지를 때……"

그녀의 금색 비키니 끈은 어디 있을까, 난 생각해. 카를라는 예뻐. 너희 엄마는 무척 예뻐. 그리고 그 끈에 대한 기억에는 뭔가 내 마음을 누그러뜨리는 게 있나봐. 너희 엄마에게 소리친 게 너무 후회되더라고.

"반점은 나중에 생겼어요. 녹색 집 여인이 다비드가 살아날 거라고 말하긴 했지만 처음 며칠은 아이의 몸이 펄펄 끓었거든요. 열에 들떠 헛소리도 했고요. 닷새가 지나서야 진정되기 시작하더라고요."

"뭐에 중독된 건가요?"

카를라는 또다시 어깨를 으쓱했어.

"그런 일은 그냥 일어나는 거예요, 아만다. 우리는 시골에 살고 밭에 둘러싸여 있으니까요. 누군가가 쓰러지고, 회복하더라도 이상이 생기는 일은 흔하죠. 당신도 그런 사람들을 길에서 보고요. 그런 사람들을 구별할 줄 알게 되면 그 수가 얼마나 많은지 놀랄 거예요." 카를라는 나한테 마테 잔을 맡기고 담배를 꺼내. "열은 내렸지만 다비드는 한참 지나서야 다시 말을 하게 됐어요. 그러고는 서서히 몇마디씩 하기 시작했죠. 하지만 정말이지, 아만다, 아이 말투가 너무 이상해졌어요."

"어떻게 이상해졌나요?"

"이상한 게 지극히 정상일 수도 있겠네요. 이상한 건 아이한테 어떤 말을 해도 똑같이 돌아오는 '그건 중요한 게 아니에요'라는 대답뿐일 수도 있거든요. 하지만 만약에 당신 아들이 전에는 한번도 그런 식으로 대답한 적이 없는데, 당신이 왜 밥을 안 먹는지 네번째 묻든, 춥지는 않은지 확인하든, 이제 그만 가서 자라고 말하든, 아이가 말을 씹어먹다시피 하며 꼭 여전히 말하는 법을 배우는 중인 것처럼 '그건 중요한 게 아니에요'라고 대답한다면, 내 장담하는데 아만다, 다리가 후들거릴 거예요."

그런데 이게 중요하지 않다고, 다비드? 이 일에 대해 아무 말 안할 거니?

"아마 녹색 집 여인이 하는 말을 들은 걸 거예요." 내가 카를라에게 하는 말이야. "열이 펄펄 끓을 때 겪은 모든 일로 인한 쇼크 때문일 수도 있고요."

"나도 비슷한 생각을 했어요. 그러던 어느날 침대에 누워 있다가 다비드가 뒷마당에 있는 걸 봤어요. 집을 등진 채 쪼그려앉아 있어서 뭘 하는 중인지 알 순 없었지만 신경이 쓰이더라고요. 왜인지 말은 못하겠지만 아이가 움직이는 품을 보니 경계심이 들었어요."

"무슨 말인지 완전히 알아들었어요."

"맞아요, 엄마의 직감이죠. 아무튼 나는 하던 걸 멈추고 밖으로 나갔어요. 아이 쪽으로 몇걸음 내디뎠지만 무슨 일이 일어나고 있는지 깨닫고는 그 자리에서 옴짝달싹 못하겠더라고요. 한걸음도 더 나아갈 수가 없었어요. 세상에, 땅에 오리를 묻고 있더라고요, 아만다."

"오리요?"

"겨우 네살 반 된 아이가 오리를 묻고 있었어요."

"왜 오리를 묻고 있었는데요? 오리떼가 호수에서 오는 건가요?"

"네. 아이를 큰 소리로 불렀는데 거들떠보지도 않더라고요. 그래서 나도 쭈그려앉았어요. 땅을 내려다보고 있는 아이 얼굴을 보고 싶었거든요. 오리뿐만 아니라 아이에게 무슨 일이 벌어지고 있는 건지 이해하고 싶었어요. 아이는 하도 울어서 얼굴이 빨개지고 눈이 퉁퉁 부었더라고요. 플라스틱 삽으로 흙을 파는 중이었죠. 삽의 부러진 자루가 한쪽에 버려져 있고, 아이는 기껏해야 제 손보다 조금 더 큰 삽의 날 부분으로 흙을 파낼 뿐이었어요. 한쪽엔 오리가 놓여 있었고요. 오리는 눈을 뜬 채 그렇게 바닥에

뻗어 있었어요. 여느 오리보다 목이 더 길고 유연해 보였
죠. 나는 무슨 일이 있었는지 알아보려고 했지만 아이는
한순간도 고개를 들지 않더라고요."

　—보여드리고 싶은 게 있어요.

　—이제 무슨 얘기에 집중할지 정하는 사람은 나야, 다
비드. 너희 엄마가 하시는 이 얘기가 네겐 중요하지 않니?

　—네.

　—너희 엄마는 담배를 피우고, 니나는 우물 주위를 신
나게 여러번 돌아. 이제 이게 중요한 얘기가 될 거야.

　"사실," 너희 엄마가 말을 이어. "아들이 오리를 두들겨
패서 죽이건, 목 졸라 죽이건, 어떤 방법으로 없애버리건
그렇게까지 섬뜩하진 않을 수도 있어요. 이런 시골에선
그런 일들이 일어나니까요. 수도에서는 그보다 나쁜 일들
이 일어나겠죠. 하지만 며칠 후에 무슨 일인지 알게 됐어
요. 내 두 눈으로 전부 똑똑히 보았거든요."

　"엄마." 니나가 불러. "엄마." 하지만 난 아이에게 신경
을 쓰지 않아. 지금은 카를라의 얘기에 온 정신을 집중하
는 중이야. 니나는 다시 멀리 가.

"내가 뒷마당에서 일광욕을 할 때였어요. 10미터쯤 떨어진 곳에서 밀이 자라고 있죠. 우리 건 아니에요. 오마르가 이웃에게 땅을 빌려주거든요. 그러면 마당이 더 작아져서 난 좋더라고요, 더 아늑하잖아요. 다비드는 내 선베드 근처 바닥에 앉아 제 물건을 갖고 놀고 있었어요. 그러다 일어서서 밀밭을 바라보는 거예요. 나를 등지고 있었는데 뭔가 위협적인 것에 갑자기 놀란 듯이 두 팔을 몸 양옆으로 늘어뜨리고 두 주먹을 꼭 쥐고 있는 모습이 자그맣고도 낯설었어요."

손에서 이상한 느낌이 들어, 다비드.

—아주머니 손에서요? 지금요?

—응, 지금.

"다비드는 나를 등진 채 이분 정도 꼼짝 않고 있었어요. 긴 시간이었어요, 아만다. 그 시간 내내 난 아이를 불러야겠다고 생각했지만 겁이 나서 그러지 못했어요. 그때 뭔가가 밀밭에서 움직였어요. 그러더니 오리가 한마리 나타났죠. 걷는 품이 이상하더라고요. 우리 쪽으로 한두걸음 다가오더니 걸음을 멈췄어요."

"겁먹은 것처럼요?"

니나가 우물 주위를 뛰어다니는 소리, 그애가 "우린 매료되었어요" "우린 매료되었어요" "우린 매료되었어요" 라고 말하는 소리, 아이의 웃음소리와 그 소리가 가까워졌다 멀어졌다 하며 울리는 메아리가 들려. 카를라는 담배연기를 내뿜으며 내 질문에 대해 계속 생각했어.

"아니요. 꼭 지친 것처럼요. 그 둘이 서로를 바라보더라고요, 정말이에요, 다비드와 오리가 몇초 동안 서로를 마주 보았어요. 그러다 오리가 두걸음 더 다가왔어요. 술에 취한 것처럼, 아니면 몸을 가누지 못하는 것처럼 한 발을 다른 발 앞으로 엇갈려 디디면서요. 그러고 다음 걸음을 내디디려다 땅으로 고꾸라져 완전히 죽었어요."

다비드, 지금 내 손이 부들부들 떨려.

──아주머니 손이 떨린다고요?

──그런 것 같아, 그래. 내 손이 떨려, 모르겠어. 카를라의 얘기 때문인가봐.

──떨리는 것처럼 느껴지시는 거예요, 아니면 실제로 떨고 계신 거예요?

─지금 내 손을 보는 중인데 떨리지는 않네. 이게 벌레랑 상관이 있을까?

─상관있어요, 네.

─나는 내 손을 들여다보고 있는데 너희 엄마는 계속 말을 해. 다음 날 아침, 설거지를 하다 마당에 있는 죽은 오리 세마리를 더 보았다는 거야. 전날처럼 땅에 뻗어 있는.

─저는 아주머니 손이 어떻게 된 건지 알고 싶어요.

─하지만 정말이니, 다비드? 네가 그 오리들을 죽인 거니? 지금 너희 엄마가 네가 그 오리를 전부 묻어줬다고, 묻을 때마다 네가 울었다고 말씀하시는구나.

"나는 창문 너머로 모든 걸 봤어요, 아만다. 구덩이 옆에 또다른 구덩이가 생겼고, 그러는 내내 나는 반쯤 닦은 냄비를 손에 들고 서 있었죠. 밖으로 나갈 기운이 없었어요."

정말이니?

─제가 오리를 묻어주긴 했어요, 하지만 묻어줬다는 게 죽였다는 건 아니죠.

─카를라는 다른 일이 또 있었다면서, 나한테 들려주고 싶은 더 심한 일이 있었다고 해.

──아만다 아주머니, 제 말에 귀 기울여주세요. 보여드리고
싶은 게 있어요.

──카를라는 헤세르 씨의 개 중 한마리에 관한 일이라
고 해.

──카를라는 아주머니께 점점 더 심한 이야기를 할 거예요.
하지만 아주머니가 지금 이 이야기를 멈추지 않으시면 제가 아주
머니께 보여드려야만 하는 걸 보여드릴 시간이 충분하지 않을 거
예요.

──나는 혼란스러워, 지금은 카를라의 이야기에만 집
중할 수 있어.

──제가 보이세요?

──보여.

──제가 어디 있나요?

──깜박 잊고 있었네, 하지만 그래, 넌 여기 있지, 내 침
대 가장자리에 앉아 있어. 침대가 높아서 네 다리가 바닥
에 닿지 않고 허공에서 건들거려. 네가 다리를 흔들면 매
트리스 밑에서 스프링이 삐걱대. 아까부터 계속 그 소리
가 났어.

— 우리가 있는 곳이 어딘가요?

— 어딘지 알아. 우린 응급병동에 있어, 얼마 전부터.

— 얼마 동안인지 아세요?

— 하루, 아님 오일인가.

— 이틀이요.

— 그런데 니나는? 지금 니나는 어디 있니? 드럼통을 나르는 남자들이 우리 옆을 지나가며 빙긋 웃어 보여. 그 사람들은 니나한테 친절하게 굴어. 하지만 지금 아이는 잔디밭에서 일어나서 나한테 제 옷과 손을 보여줘. 손이 축축하게 젖었지만 이슬 때문은 아니야, 그렇지?

— 네. 일어나실 수 있어요?

— 침대에서 나오라고?

— 전 침대에서 내려갈게요.

— 스프링이 삐걱대.

— 제가 보이세요?

— 왜 내가 못 본다고 생각하니?

— 다리를 바닥으로 내리세요.

— 왜 잠옷 바람이니?

── 열두걸음만 앞으로 걸으시면 복도예요.

── 니나는 어디 있어? 내가 여기 있는 걸 내 남편이 아니?

── 필요하다면 불을 켤게요.

── 너희 엄마 얘기로는 그 개가 너희 집 층계까지 왔
대. 그리고 오후가 다 지나도록 내내 거기 앉아 있었대. 너
한테 개에 대해 여러번 물어봤지만 너는 번번이 개는 중
요한 게 아니라고 대답했다더구나. 너희 엄마는 네가 방
안에 틀어박혀서 통 나오질 않으려 했대. 그 개도 오리가
그랬던 것처럼 결국 죽어서 바닥에 고꾸라지니까 그제야
네가 집 밖으로 나가 뒷마당으로 개를 질질 끌고 가서 묻
어줬다고.

── 필요하다면 제 어깨에 기대셔도 돼요.

── 카를라는 왜 널 그렇게 무서워하는 거니?

── 벽에 걸린 그림들 보이세요?

── 아이들이 그린 거구나. 니나도 그림 그리는데.

── 이 아이들은 몇살일까요? 애들 나이를 말씀하실 수 있겠
어요?

── 다비드.

─네.

─나는 혼란스러워, 시간이 온통 뒤죽박죽돼버렸어.

─그 얘기 이미 저한테 하셨어요.

─그랬구나, 하지만 그때그때 무슨 일이 일어나는지
는 명확하게 알겠어.

─그러신 것 같아요.

─나한테 뭘 보여주려고? 내가 보고 싶은지 모르겠
는데.

─계단 조심하세요.

─좀더 천천히 가줘.

─계단이 여섯개 있고, 그다음엔 계속 복도예요.

─우리가 지금 어디 있니?

─응급병동에 있는 방들이에요.

─아주 큰 곳인가보네.

─이곳은 모든 게 작아요. 우리가 느리게 걸어서 크게 느껴
지는 것뿐이죠. 그림 보이세요?

─네가 그린 그림도 있어?

─복도 끝에요.

— 여기가 어린이집으로도 쓰이니?

— 여기에서 저는 오리, 개, 말과 함께 있어요. 이게 제가 그
린 그림이에요.

— 말이라니, 무슨 말?

— 카를라가 말 이야기도 할 거예요.

— 나한테 뭘 보여주려는 거니?

— 거의 다 왔어요.

— 너희 엄마는 금색 비키니 차림인데 운전석에서 움
직이자 그녀의 자외선차단제 향이 차 안에 퍼져. 이제 알
겠다, 너희 엄마는 일부러 그러는 거야. 의도적으로 끈이
흘러내리게 하는 거지.

— 여전히 제가 보이세요? 아만다 아주머니, 정신 바짝 차리
셔야 돼요. 또다시 처음부터 시작하고 싶진 않거든요.

— 처음부터 다시? 우리가 이걸 전에도 한 적이 있니?
니나는 어디 있어?

— 우리는 이 문을 통과할 거예요. 여기예요.

— 벌레 때문에 이런 일이 벌어지는 거니?

— 네, 어떤 면에서는요. 불을 켤게요.

─이곳은 어디야?

─교실이에요.

─유치원이구나. 니나도 이곳을 좋아할 텐데.

─유치원은 아니에요. 저는 여길 '대기실'이라고 불러요.

─난 컨디션이 좋지 않아. 여긴 대기실이 아니야, 다
비드.

─지금 컨디션이 어떠신데요?

─열이 있는 것 같아. 그래서 모든 게 이토록 혼란스
러운 건가? 아마 그럴 거야, 그리고 네 태도가 도움이 안
되기 때문이기도 하고.

─저는 가능한 한 명확하게 파악하려고 노력하는 중이에요,
아만다 아주머니.

─그렇지 않아. 가장 중요한 정보가 빠졌잖아.

─니나 말씀이군요.

─니나는 어디 있니? 정확한 순간에 일어나는 일이 도
대체 뭐니? 왜 이 모든 게 벌레랑 상관있는 거니?

─아니, 아니에요. 벌레가 아니에요. 처음에 몸속에서 벌레
처럼 느껴지는 거죠. 하지만 아만다 아주머니, 우린 이미 그 얘기

도 다 지나왔어요. 이미 독에 대해서도, 중독에 대해서도 다 얘기했다고요. 여기까지 어떻게 오게 됐는지 벌써 네번이나 말씀하셨어요.

— 사실이 아니야.

— 이게 사실이에요.

— 하지만 난 모르겠어, 여전히 모르겠어.

— 아주머니는 알고 계세요. 하지만 납득을 못하시는 거죠.

— 난 곧 죽을 거야.

— 그래요.

— 왜 이러지? 손이 막 떨려.

— 안 떨고 계시는데요. 어제부터 손떨림은 멈췄어요.

— 다시 풀밭이야, 니나가 우물가에서 내게 오는 걸 보는 지금 손이 부들부들 떨려.

— 아만다 아주머니, 집중해주세요.

— 카를라가 나더러 이제 이해하겠느냐고, 내가 자기 입장이라면 나도 똑같이 느끼지 않았겠느냐고 물어. 그리고 니나는 이제 아주 가까이 왔어.

— 아주머니, 딴 데 신경 쓰시면 안돼요.

——아이가 얼굴을 찡그려.

——여전히 제가 보이세요?

——"무슨 일이니, 니나? 괜찮니?"

니나가 제 손을 들여다봐.

"손이 너무 따가워요." 아이가 대답해. "화끈화끈해요."

"그러던 어느날 오마르가 내 발을 흔들어서 깨워요." 카를라가 말해. "그이는 침대에 앉아 있어요, 핏기 없는 얼굴로 무표정하게. 내가 무슨 일이냐고 물어도 대답이 없어요. 아침 5~6시쯤 됐을 거예요. 밖이 제법 밝거든요. '오마르,' 난 그이에게 물어요. '오마르, 무슨 일이에요?' '말들이,' 그이가 대답해요. 진짜예요, 아만다, 그이의 말투가 정말 소름 끼치더라고요. 가끔 오마르가 폭언을 한 적은 있지만 어떤 말도 그 한마디만큼 무시무시하게 들린 적은 없었어요. 그이는 다비드에 대해 험한 말을 하곤 했어요. 다비드가 정상적인 아이 같지 않다고요. 그 아이가 집에 있는 게 불편하다고요. 그이는 아이와 함께 식탁에 앉으려고 하지 않았어요. 사실상 아이에게 아예 말을 하지 않았죠. 때때로 우리는 밤중에 깼는데 그때마다 다비드는 제 방에 없고 집 안 어디에도 없더라고요. 이 점이 오마르를 미치고 팔짝 뛰게 했죠. 내 생각엔 오마르가 겁이 났던 것 같아요. 우리는 소리에 온 신경이 곤두서 있어서 제대로 자질 못했어요. 처음 몇번은 아이를 찾아 나섰어요. 오마르는 손전등을 들고 앞서갔고, 나는 뒤에서 그의 티셔츠를 꼭 붙잡고 따라갔죠. 나는 모든 소리에 귀를 기울이고 계속 오마르의 등에 바짝 붙어 가는 데 온 신경을 집중했어요. 한번은 집을 나서기 전에 오마르가 칼을 챙겨들었는데 나는 아무 말도 하지 않았어요, 아만다. 어쩌겠어요, 이런 시골에서는 밤에 깜깜하거든요. 그뒤로 오마르는 다비드의 방문에 자물쇠를 채우기 시작했어요. 우리가 잠자리에 들기 전에 다비드를 가두고 새벽에 일하러 가기 전에 문을 열어줬어요. 다비드가 방문을 쾅쾅 두들긴 적도 있었어요. 하지만 한번도 오마르를 부르진 않더라고요. 문을 두드리며 내 이름을 불렀어요. 더이상 나를 엄마라고 부르지 않았죠. 그래서 오마르가 침대 가장자리에 앉아 있고 내가 잠에서 깨어 무언가 이상한 일이 일어나고 있다는 걸 알아차렸을 때, 나는 그이가 무엇을 그렇게

넋 놓고 바라보고 있는지 보려고 문 쪽으로 몸을 기울였
어요. 다비드의 방문이 열려 있더군요. '말들이'라고 오마
르가 말했어요. '말들이 어떻게 됐는데요?' 내가 물었죠."

"엄마, 손이 너무 따가워요." 니나가 제 손을 보여주더
니 내 옆에 앉아. 그러고 날 안아.

나는 아이의 두 손을 잡고 한 손에 한번씩 입을 맞춰. 아
이는 손바닥을 위로 뒤집어 내게 보여줘. 카를라는 과자
를 한봉지 꺼내서 니나의 손바닥 위에 한움큼 놓아.

"이게 다 낫게 해줄 거야." 카를라가 말해.

그러자 니나는 기뻐하며 손을 오므리고, 제 이름을 외
치며 우물 쪽으로 달려가.

"그런데 말들이 어떻게 됐는데요?" 내가 물어.

"없더라고요." 카를라가 대답해.

"없었다니 무슨 뜻이에요?"

"나도 오마르한테 같은 걸 물어봤어요. 그랬더니 그이
는 헛간에서 무슨 소리가 나는 걸 들었다더군요. 그래서
깼다고요. 다비드의 방문이 열려 있는 걸 보았대요. 문을
잠근 게 분명히 기억나서 무슨 일인지 보려고 일어났고

요. 현관문도 열려 있었고, 밖은 이미 희미하게 밝아 있었어요. 오마르는 그렇게 손전등도, 칼도 안 가지고 나갔다고 했어요. 그이는 밭을 살펴보고, 집의 반대쪽으로 몇걸음 걸어갔어요. 그러나 뭐가 이상한지 깨닫기까진 시간이 약간 걸렸어요. 잠에 취해 있었거든요. 말이 전부 사라졌어요. 한마리도 남아 있지 않았어요. 4개월 된 작은 망아지 한마리만 덩그러니 있었어요. 망아지는 밭 한가운데에 홀로 서 있었는데, 오마르는 그 망아지가 두려워서 몸이 뻣뻣하게 굳었다는 걸 이미 집에서 출발할 때부터 확신했대요. 그이는 천천히 다가갔어요. 망아지는 움직이지 않았고요. 오마르는 양옆을 살펴보았어요. 개울 쪽을 훑고, 길가 쪽도 훑었지만 다른 말들은 흔적조차 보이지 않았어요. 그이는 망아지의 이마에 손바닥을 얹고 말을 걸다, 어떡하나 보려고 녀석의 이마를 살짝 밀어보았대요. 하지만 망아지는 꿈쩍도 하지 않았죠. 아침에 경찰 조사관과 조수 두명이 왔을 때도 망아지는 계속 거기에 있었고, 그들이 갈 때도 거기 그대로 있었어요. 나는 그걸 창문 너머로 보았어요. 진짜예요 아만다, 밖에 나갈 엄두조차 안 나더라고요. 그런데 괜찮아요?"

"그럼요, 왜 그러는데요?"

"안색이 창백해서요."

"오마르 씨가 오리에 대한 일을 알고 있었나요? 헤세르 씨의 개는요?"

"뭔가 알고는 있었어요. 나는 아무 말 않기로 했지만 그이는 흙더미를, 오리들의 무덤을 보고 묻더라고요. 내가 보기에 오마르는 뭔가 수상쩍다고 여기긴 했지만 모르는 편이 낫겠다고 생각한 것 같아요. 녹색 집 여인과의 일이 있고 다비드가 한동안 열이 펄펄 끓었을 때도 아무것도 묻지 않더라고요. 단순히 관심이 없었을 수도 있죠. 그이는 자기가 빌려온 귀중한 종마를 잃어버린 일에 더 마음을 썼어요. 그런데 아만다, 안색이 창백해요. 입술이 새하얘졌어요."

"나는 괜찮아요. 아마 소화가 잘 안됐나봐요. 좀 예민했거든요." 나는 어제의 말다툼을 떠올리면서 말해. 카를라는 곁눈질로 나를 흘끔흘끔 쳐다보지만 아무 말도 안하고.

우리는 잠시 말없이 잠자코 있어. 나는 말들이 어떻게

됐는지 물어보고 싶지만 카를라가 니나를 주의 깊게 바라보고 있어서 기다리는 게 낫겠다고 속으로 말해. 니나는 나무들이 우거진 곳에서 우물 쪽으로 다시 가고 있어. 그애는 원피스에 딸린 앞치마를 받쳐들고 바구니처럼 쓰고 있어. 그리고 우물가에 다다르자 공주 흉내를 내며 무릎을 꿇고 앉아서 솔방울들을 땅 위에 쪼르르 한줄로 늘어놔.

"나는 니나가," 카를라가 말해. "정말 좋아요."

나는 방긋 웃지만 그녀의 말 뒤에 뭔가 더 있다는 게 느껴져.

"선택할 수 있었다면 여자아이를, 니나 같은 딸아이를 택했을 거예요."

근처에서 산들바람이 마치 콩을 어루만지듯 부드럽고도 격정적인 소리를 내며 콩 줄기를 흔들어. 벌써 강렬해진 태양이 구름 사이를 왔다 갔다 해.

"나는 가끔 떠나는 상상을 해요." 카를라가 말해. "내게도 니나 같은 아이가 있는 삶, 그러니까 내가 돌봐줄 사람이 있고 그 사람이 그걸 허용하는 새로운 삶을 시작하는 상상을요."

나는 카를라와 얘기하고 싶어. 그녀에게 말하고 싶은 것들이 있는데 몸이 움직이지 않고 감각이 없어. 나는 몇 초 동안 더 그렇게 있어. 지금이 말하기에 적절한 때라는 건 알지만 나른한 침묵 속에서 꼼짝 않고.

"카를라." 나는 말을 꺼내.

이제 콩이 우리 쪽으로 기울어져. 나는 임대한 별장과 카를라의 집으로부터 몇분 내로 멀어지는 상상을, 이 마을을 떠나서 매년 다른 스타일의 휴가를 선택하는 상상을 해. 바다에서 보내는 휴가, 그리고 이 기억과는 한참 거리가 먼 휴가를. 어쩌면 카를라랑 같이 갈 수도 있겠다고 생각해. 내가 같이 가자고 하면 그녀는 달랑 서류철만 들고 지금 입고 있는 옷만 걸친 채 따라올 거야. 집 근처에서 우리는 금색 비키니를 한벌 살 거야. 이런 게 그녀가 가장 그리워할 일일까 나는 궁금해.

— 제가 보이세요? 지금 제가 보여요?

— 응. 하지만 나는 바닥에 있고 이야기를 따라가기가 힘들어.

─일어나지 마세요. 바닥에 좀더 계시는 게 낫겠어요.

─내가 풀밭에도 누워 있는 것 같아.

─카를라가 아주머니가 누우시도록 돕고 있어요.

─그래, 이제 나무 꼭대기가 보여.

─카를라가 아주머니에게 괜찮냐고 다시 물어봤는데 아주머니는 대답이 없어요. 카를라는 아주머니 머리를 핸드백으로 받쳐주고 아침에 뭘 먹었는지, 저혈압이 있는지, 지금 자기 목소리가 들리는지 묻고 있어요.

─그게 실제로 일어나는 일이라는 걸 어떻게 아니? 너 보고 있니, 거기 숨어 있었니?

─그건 지금 중요한 게 아니에요.

─아니면 네가 말한 것 때문이니? 우리가 이미 독에 대해, 중독에 대해 얘기했다며? 내가 어떻게 여기까지 왔는지 너한테 여러번 말했다며? 그래서 아는 거니?

─아만다 아주머니.

─그런데 니나는?

─니나는 우물가에서 두분을 보고 있어요. 솔방울을 주위에 흩뜨려놓았고, 이제 연기하는 듯한 몸짓은 전혀 없어요.

116

─사실이야, 이제는 왕실 분위기를 흉내 내는 몸짓이 전혀 없지.

─카를라가 기다리는데도 아주머니는 아무 말도 하지 않으세요.

─하지만 나는 깨어 있어.

─네, 그렇지만 컨디션이 안 좋으시죠.

─손이 바들바들 떨려, 내가 말했지.

─니나가 두분 쪽으로 달려가요. 카를라는 니나를 향해 앞으로 걸어가요. 니나의 관심을 딴 데로 돌리려는 거죠. 카를라는 아주머니가 잠들었다고, 아주머니를 쉬게 하는 게 낫겠다고 말해요. 그러고는 니나에게 우물을 보여달라고 해요.

─하지만 니나는 카를라를 믿지 않지.

─네, 믿지 않아요.

─구조 거리가 짧아지는 게 느껴져. 니나가 카를라를 믿지 않기 때문이야.

─하지만 아주머니는 아무것도 못하세요.

─못하지, 그래.

─카를라가 도움을 청하러 간다면 아주머니를 혼자 두거나

니나랑 있게 해야 할 거예요. 제가 보기엔 카를라의 생각은 이래요. 그리고 카를라는 어떻게 해야 할지 모르고요.

— 난 너무 피곤해, 다비드.

— 지금이 우리에겐 좋은 때예요.

— 나는 잠들었어. 카를라는 그걸 눈치채고 나를 잠깐 내버려두는 동안 니나랑 놀아줘.

— 그러니까 좋은 때라는 거죠. 보이시나요?

— 뭐가?

— 이름이요, 대기실 벽에 있는.

— 이 방에 오는 아이들 이름이니?

— 더이상 아이가 아닌 사람들도 있어요.

— 그렇지만 필체가 모두 똑같네.

— 간호사 한분이 다 쓴 거여서요. 그들은 글씨를 쓰지 못하거든요, 벽에 이름이 있는 사람 중 거의 아무도 글을 못 써요.

— 쓸 줄 모르는 건가?

— 아는 사람도 있어요, 여기 와서 배웠거든요. 하지만 이제는 팔을 제대로 쓰지 못하거나 머리를 가누지 못해요. 아니면 피부가 너무 약해서 연필을 지나치게 꼭 쥐다보면 손가락에서 피가

나기도 하고요.

　　—나 피곤해, 다비드.

　　—뭐 하시는 거예요? 지금 일어나시는 건 좋은 생각이 아니에요. 아직은요. 어디 가세요, 아만다 아주머니? 그 문은 안쪽에서는 열리지 않아요. 여기 있는 문 중 어떤 것도 안에서는 열 수 없어요.

　　—그만해. 난 지금 녹초 상태야.

　　—집중하시면 일들이 더 빨리 일어날 거예요.

　　—그러면 더 빨리 끝나기도 하겠지.

　　—죽는 게 그렇게 나쁘진 않아요.

　　—그런데 니나는?

　　—그게 지금 우리가 알고 싶은 거죠, 그렇죠? 앉으세요. 아만다 아주머니, 제발 좀 앉으시라고요.

　　—몸이, 몸속이 너무 아파.

　　—열 때문에 그래요.

　　—열 때문에 그런 게 아니야, 우리 둘 다 열 때문이 아닌 걸 알잖아. 도와줘, 다비드. 지금 마구간에선 무슨 일이 일어나고 있니?

──카를라와 니나가 우물 주위에서 잠시 놀고 있어요.

──이따금 눈을 뜨면 두 사람이 보여. 카를라가 니나를 연신 끌어안아. 구조 거리가 계속 팽팽해져서 배를 조이는 바람에 나는 자꾸 잠에서 깨. 무슨 일이야, 다비드? 내 몸에서 무슨 일이 일어나는 거니? 말 좀 해줘.

──누누이 말씀드리고 있어요, 아만다 아주머니, 하지만 번번이 다시 물어보셔서 곤란하다고요.

──꿈을 꾸고 있는 것만 같아.

──시간이 좀 지나고 어느 시점에 아주머니는 힘을 끌어모아서 일어나 앉으세요. 그래서 카를라와 니나가 놀라서 아주머니를 쳐다봐요.

──그렇구나.

──둘 다 아주머니에게 다가오고, 카를라는 아주머니의 이마를 짚어봐요.

──그녀에게서 아주 달콤한 향이 나.

──니나는 조금 떨어져서 아주머니를 보고 있어요. 아마 아주머니 상태가 좋지 않다는 걸 알아차린 것 같아요. 카를라는 가서 차를 끌고 오겠다고 말하곤 분위기를 누그러뜨리려고 웃어

요. 그리고 이게 다 자기가 드디어 혼자 운전할 용기를 내게 하려고, 또 아주머니가 드디어 자기 집에 와서 시원한 음료를 마실 마음이 들게 하려고 생긴 일이라고 큰 소리로 혼잣말을 해요. 아주머니에게 생강을 넣은 차가운 레모네이드를 대접하겠다고, 그걸 마시면 뭐든 다 나을 거라고요.

　——그걸로는 아무것도 낫지 않을 거야.

　——그렇죠, 아무것도 낫진 않겠죠. 하지만 아주머니 컨디션이 조금은 나아지고 있어요. 가벼운 통증이 나타났다 사라졌다 하고요. 처음에는 항상 그렇죠. 카를라는 니나에게 자동차를 가져올 동안 아주머니를 맡기겠다고 말해요. 그러고는 다른 쪽으로, 흙길로 올 거라고 설명해요.

　——니나가 내게 다가와 앉아 나를 안아줘.

　——카를라는 한참 있다 올 거예요.

　——하지만 니나가 이렇게 가까이 있으니 상관없어. 우리는 한참을 그러고 있어. 니나는 내 몸에 바싹 붙은 채 누워서, 양손으로 동그라미를 만들어 눈가로 가져가. 꼭 쌍안경처럼.

　"우리는 나무 꼭대기를 아주 좋아한답니다." 니나가

말해.

— 하지만 아주머니는 그날 밤을 생각하고 계시잖아요.

— 맞아, 그 집에서의 첫날 밤을 생각하고 있어. 니나를 안고 있다보니 내가 처음 공포를 느꼈던 때가 떠오르더라고. 그 공포에 일말의 경고가 있었을까. 나는 걷는 중이고 손전등이 발 앞쪽에 타원을 그리고 있어. 좀더 앞쪽에 무엇이 있는지 보려고 손전등을 비추면 내가 어딜 밟고 있는지 알기가 어려워. 나무들이 내는 소리, 이따금 들리는 길 위의 자동차 소리, 개 짖는 소리 때문에 시골이 사방으로 광활하게 펼쳐져 있다는 것과, 모든 것이 몇킬로미터씩 떨어져 있다는 걸 확실하게 알 수 있어. 그렇지만 타원형 불빛에 눈이 부셔서, 마치 동굴 속으로 들어가는 느낌으로 걸어가. 몸을 수그리고 종종걸음으로.

— 니나는요?

— 이게 다 니나에 대한 얘기야.

— 니나는 어디 있어요? 처음 둘러보시는 동안에요.

— 집에서 곤히 자고 있어. 하지만 나는 잠을 잘 수가 없어. 첫날 밤이라서 그런 건 아니야. 먼저 집 주위에 무엇

이 있는지 알아야 해. 개가 있는지, 있다면 안심할 만한지, 도랑이 있는지, 얼마나 깊은지, 해충과 뱀이 있는지. 발생 가능한 모든 상황을 내다봐야 하는데, 사방이 너무 어둡고 내 눈은 도저히 어둠에 익숙해지질 않아. 내가 생각하던 밤과 완전히 달라.

ㅡ엄마들은 왜 그러나요?

ㅡ뭐 말이야?

ㅡ일어날 법한 일들을 내다보려는 거요, 구조 거리 말이에요.

ㅡ조만간 끔찍한 일이 일어날 테니까. 우리 할머니는 우리 어머니한테 그렇게 말씀하곤 하셨어, 어머니의 어린 시절 내내. 어머니는 나한테 그러셨고, 내 어린 시절 내내. 그러니 이제 내가 니나를 돌볼 차례야.

ㅡ하지만 중요한 걸 놓치고 계시네요.

ㅡ중요한 게 뭔데, 다비드?

ㅡ니나는 앉아서 손가락 쌍안경으로 지평선을 훑고 있어요. 아주머니 차가 마구간 반대편에서 다가와요.

ㅡ순간 나는 남편이 온 거라고 상상해. 그이가 차에서 내려 우리 둘을 차례대로 안아줄 거라고. 그러면 나는 차

를 타고 가는 내내 마음 편히 잘 수 있을 텐데, 도시에 있는 내 침대에 도착할 때까지.

— 하지만 차를 몰고 온 사람은 카를라예요. 내려서 아주머니와 니나 쪽으로 걸어가고 있어요.

— 그녀는 맨발에 금색 비키니 차림이야. 수영장 가장자리를 따라 빙 돌고서 약간 불안해하며 잔디를 밟고 있지. 마치 잔디를 밟는 게 익숙하지 않거나 잔디의 감촉에 대해 별로 안 좋은 기억이라도 있는 것처럼. 그러다 깜빡하고 수영장 계단에 샌들을 놓고 와.

— 아니에요, 아만다 아주머니. 그건 예전 일이잖아요. 지금 카를라는 마구간을 빙 돌아오고 있어요.

— 내가 땅바닥에 누워 있어서 그래.

— 네, 그렇죠.

— 하지만 나는 항상 카를라 하면 맨발이 떠올라.

— 카를라는 차에서 내려 문을 열어둔 채 재빨리 다가가고 있어요. 그동안 무슨 일이 있었는지 니나가 신호를 보내 알려주길 바라면서요. 하지만 니나는 카를라를 등지고 아주머니 발치에 앉아 있어요. 아주머니한테서 시선을 떼지 않고요. 카를라는

아주머니가 일어나는 걸 도와주고, 그새 안색이 나아졌다고 말을 건네요. 그런 다음 짐을 전부 챙겨들고, 니나에게 손을 내밀어요. 아주머니가 잘 따라오는지 뒤돌아보고, 아주머니한테 농담을 건네요.

— 카를라가 말이지.

— 네, 카를라가요.

— 사실이야, 컨디션이 한결 나아졌어. 우리 셋은 처음처럼 또다시 차 안에 있어. 너희 엄마가 운전석에 앉아 있고. 자동차엔진이 몇번 꺼지지만 너희 엄마는 결국 후진을 해내. 우리 어머니는 운전을 배우기에는 시골이 최고라고 하셨지. 나는 어렸을 때 시골에서 운전을 배웠어.

— 그건 중요하지 않아요.

— 그래, 그럴 거라고 생각했어.

— 카를라는 운전이 별로 편하지 않아요.

— 하지만 잘하고 있어. 내가 예상한 방향으로 가고 있진 않지만.

"우리 어디 가는 거예요, 카를라?"

니나는 뒷좌석에 앉아 있어. 아이 얼굴이 창백한 걸 나는 이제야 알아봐. 아이가 식은땀을 흘리고 있는 것도. 나는 니나에게 괜찮은지 물어봐. 아이는 평소대로 책상다리를 하고, 내가 말하지 않아도 평소대로 안전벨트를 잘 매고 앉아 있지. 아이가 끙끙대며 힘겹게 우리 쪽으로 몸을 내밀어. 고개를 이상하게 끄덕여, 아주 느릿느릿하게. 구조 거리가 너무 짧아서, 아이가 다시 좌석에 풀썩 몸을 기대자 내 몸을 잡아당기는 것만 같아. 카를라는 연신 몸을 곧게 펴지만 긴장을 풀지 못해. 지금 곁눈으로 나를 지켜보고 있어.

"카를라."

"응급실로 가는 중이에요, 아만다. 운이 좋아 당신을 진찰할 사람이 있을지 보자고요."

―하지만 응급실에선 전부 다 괜찮다고 해요. 그래서 삼십 분 후에는 모두들 또다시 집으로 가는 길이죠.

―그렇지만 왜 그렇게 건너뛰니? 우리는 이 이야기를 차근차근 따라가는 중이잖아. 그런데 넌 왜 앞서가냐고.

―그건 모두 중요하지 않으니까요. 그리고 우리에겐 시간이 거의 없어요.

—난 모든 걸 다시 봐야겠어.

—중요한 일은 이미 일어났어요. 그뒤에 이어지는 건 결과일 뿐이고요.

—그러면 왜 이야기가 계속되는 걸까?

—아직 아주머니가 자각하지 못하고 계시니까요. 아주머니가 납득하셔야 돼요.

—응급실에서 무슨 일이 일어나는지 보고 싶어.

—그렇게 고개 숙이지 마세요. 숨 쉬기가 더 어려워져요.

—지금 무슨 일이 일어나는지 보고 싶다고.

—의자를 갖다드릴게요.

—아니, 돌아가야 돼. 우리는 여전히 응급실로 가는 차 안에 있어. 날씨가 푹푹 찌고 소리가 점점 희미해져. 엔진 소리가 거의 들리지 않아서, 나는 차가 자갈 위를 그토록 부드럽고 조용하게 나아간다는 데 놀라. 멀미가 나서 잠시 앞으로 몸을 숙여야 하지만 곧 가서. 옷이 땀에 젖어 몸에 찰싹 달라붙어 있고, 보닛 위로 반사되는 따가운 햇살 때문에 실눈을 뜰 수밖에 없어. 카를라는 지금 운전석에 없어. 그녀가 보이지 않아서 나는 두렵고 당황스러워.

내가 탄 쪽 문이 열리고, 카를라의 두 손이 날 붙잡고 끌어내. 마치 실제로 일어나는 일이 아닌 양 차 문이 소리 없이 닫혀. 하지만 모든 게 아주 가까이에서 보여. 나는 니나가 우리 뒤를 잘 따라오는지 궁금하지만 뒤돌아 확인해보지도, 큰 소리로 물어보지도 못해. 내 발이 앞으로 나아가는 게 보이지만, 발을 움직이고 있는 사람이 나인지도 모르겠어. 우리는 바로 이 복도를 걸어가. 내 뒤에 있는, 교실 밖 복도 말이야.

　—머리를 여기 기대세요.

　—니나가 그림에 대해 무슨 말을 해. 그애 목소리를 들으니 안심이 돼. 카를라의 목덜미가 내 앞으로 몇발짝 멀어져. 혼자 힘으로 서 있을 수 있어, 나는 속으로 말해. 그리고 벽을 짚은 내 손, 그림 위에 놓인 내 손을 보자 피부가 다시 타는 듯이 따가워져. 카를라는 아주 가까이에 있고 내 이름을 말해. 그러자 누군가가 내가 이 마을 사람이냐고 물어봐. 카를라의 머리는 둥글게 말아올린 채고, 흰색 셔츠의 목깃 가장자리는 살짝 초록색으로 물들어 있어. 잔디 때문에 그런 거지? 또다른 여자 목소리가 우리에

게 들어오라고 말해. 들어가니 거기 그 여자가 있어. 그때 니나가 내 손을 잡는 게 느껴져. 나는 그 손을 꼭 잡아. 지금 나를 이끌어주는 건 그 손이야. 아주 작은 손이지만 나는 그 손을 믿어. 나는 속으로 그 손은 뭘 해야 할지 본능적으로 알고 있을 거라고 말해. 작은 방으로 들어가 간이 침대에 앉아. 니나가 우리가 여기서 뭘 하고 있는 건지 물어. 그제야 나는 여기로 오는 내내 니나가 무슨 일이냐고 계속 물어봤다는 걸 깨달아. 그애를 다시 안아줘야 하는데 난 대답도 제대로 못해. 해야 할 말을 하는 게 힘들어. 그 여자, 간호사가 내 혈압을 확인하고, 체온을 재고, 목구멍과 눈동자를 들여다봐. 그녀는 내게 머리가 아픈지 물어보고 나는 그렇다고, 무척 아프다고 생각하지만, 그걸 큰 소리로 말해주는 사람은 카를라야.

"두통이 무척 심해요." 내가 말하자 세 사람 모두 나를 빤히 바라봐.

목덜미부터 양쪽 관자놀이까지 쑤시는 듯이 아프고 정도가 심해서 참기가 어려워. 그렇게 말하고 보니 두통이 더 생생하게 느껴지고 이제 다른 건 느낄 수가 없어.

──시간이 얼마나 지났어요?

──언제부터?

──소토마요르 씨 사무실 앞에서 일어난 일부터요.

──우리가 사무실을 나선 지 두시간 정도 됐어. 다비드, 넌 어디 있었니?

──여기 있었어요, 아주머니를 기다리면서요.

──이 진료실에 있었다고?

──지금 컨디션은 좀 어떠세요?

──나아졌어, 아까보다 나아졌어. 너무 환하지 않은 곳에 있으니 한결 마음이 편해.

──하지만 아직 몇시간이 남았으니 우린 나아가야 돼요. 이 순간에 중요한 것이 있나요?

──내가 두통이 있다고 말하자 니나가 자기도 그렇다고 해. 내가 어지럽다고 하자 니나가 자기도 그렇대. 간호사는 잠시 우리끼리만 남겨둬. 너희 엄마는 역시 우릴 여기로 데려오길 잘했다고 혼잣말을 하지. 너희 엄마가 지금보다 다섯살 정도 더 많다면 우리 둘의 엄마일 수도 있었을 텐데. 그러면 니나랑 나는 엄마가 같았을지도 모르는

데. 지금 잠시 앉아서 한숨을 쉬는, 아름답지만 지친 엄마.

"카를라, 다비드는 어디 있어요?" 내가 물어봐.

하지만 그녀가 깜짝 놀라지도 않고 나를 바라보지도 않아서 나는 내 생각을 실제로 말하고 있는 건지, 아니면 질문이 아무 소리 없이 내 머릿속에서만 맴돌고 있는 건지 분간하기 어려워.

네 엄마는 올림머리를 풀고 있어. 가느다란 손가락을 한껏 벌린 두 손을 큰 빗처럼 사용해서.

"왜 그 아이랑 같이 있지 않죠, 카를라?"

그녀는 산만하게 머리를 흔들어 머리칼을 풀어헤쳐. 나는 간이침대에 앉아 있고 니나는 내 옆에 앉아 있어. 그애가 언제 침대로 올라왔는지는 모르겠지만 여기 앉아 있은 지 한참 된 것 같아. 내 손은 다리 양옆으로 간이침대 끝을 꼭 붙잡고 있어. 떨어질지도 모른다는 생각이 문득문득 들어서야. 니나도 똑같은 자세로 있지만 한 손을 내 손 위에 올려놓았어. 아이는 말없이 바닥을 내려다보고 있어. 나는 아이도 혼란스러울지 궁금해. 간호사가 다시 와서 콧노래를 흥얼거려. 계속 콧노래를 부르면서 몇몇 서랍을 열기도 하고, 머리를 다시 올리고 있는 카를라와 이야기를 나누기도 해. 간호사는 우리가 어디 출신인지 알고 싶어해. 그리고 카를라가 우리가 이 마을 출신이 아니라고 대답하자 콧노래를 멈추고 우리를 빤히 바라봐. 마치 이 정보 때문에 검사를 처음부터 다시 시작해야 하는 것처럼. 간호사는 황금색의 사람 모양 장식이 셋 달린 목걸이를 걸고 있어. 여자아이 둘과 남자아이 하나인데 그 셋은 그녀의 풍만한 가슴 사이에 눌린 채, 한 사람이 다른 사람 위에 포개지다시피 할 만큼 가깝게 모여 있어.

— 그 아이들 중 한명은 매일 이 대기실에 와요.

— "걱정하실 것 없어요." 간호사가 말해. 그녀는 열었던 서랍을 다시 열고 개별 포장된 알약을 꺼내. "그저 가벼운 일사병에 걸리신 것뿐이에요. 중요한 건 푹 쉬는 거예요. 댁으로 돌아가서서 마음을 편안하게 하시고, 놀라지 마세요."

조금 떨어진 곳에 식수대가 있어. 간호사는 거기에서 물 두잔을 따라 나와 니나에게 한잔씩 건네줘. 알약도 각각 하나씩 주고. 나는 그들이 니나에게 뭘 먹이는 걸까 궁금해.

"카를라." 내가 입을 열어. 그러자 그녀는 놀라서 내 쪽을 돌아봐. "남편에게 전화를 해야겠어요."

"그럼요." 카를라가 대답해. "그러지 않아도 니나랑 그 얘기를 하던 참이었어요." 나는 그녀의 거들먹거리는 말투가 거슬리고 내가 가까스로 부탁한 일을 그녀가 당장 일어나서 하지 않는 게 거슬려.

"두 사람 다 여섯시간마다 이 약을 한알씩 복용하고, 또다시 햇볕을 쪼이지 않도록 주의하세요. 어두운 방에 누워서 낮잠을 좀 주무시고요." 간호사는 이렇게 말하고 개별 포장된 알약을 카를라에게 줘.

내 손 위에 얹힌 니나의 손은 여전히 나를 제지하길 원하는 것 같아. 그 손은 핏기가 없고 더러워. 이슬은 말랐고, 진흙으로 된 선들이 그애의 피부 한쪽 끝에서 다른 쪽 끝까지 가로지르고 있어. 이슬이 아니지, 나도 알아, 하지만 더이상 지적하진 마. 나는 너무 슬퍼, 다비드. 다비드. 네가 너무 오랫동안 아무 말도 안하니까 무서워. 네가 무슨 말을 할 법도 한데 그러지 않을 때마다 나는 혼자 말하고 있는 게 아닌가 의심돼.

　　──세 사람 모두 한참 뒤에야 차를 댄 곳으로 돌아가요. 카를라가 한쪽에 하나씩 아주머니와 니나의 손을 잡고 데려가죠. 아주머니 또는 니나가 몇걸음마다 멈춰서면 모두가 다 같이 기다려주죠. 그뒤에 카를라는 운전하는 내내 자갈 때문에 말없이 운전대만 꽉 붙잡고 가요. 세 사람 모두 아무 말도 하지 않아요. 차가 그날 아침 아주머니가 떠나오신 집의 대문을 지나쳐서 헤세르 씨의 개들이 전속력으로 쥐똥나무 울타리 아래로 빠져나와 마구 짖어대며 차를 따라 달릴 때도요. 개들은 잔뜩 화가 났지만 아주머니도, 카를라도 그걸 눈치채지 못하는 것 같아요. 해는 벌써 머리 꼭대기에 떠 있고 열기가 땅에서도 느껴져요. 하지만 중요한 일은 전혀 일어나지 않고, 지금부터 중요한 일이 일어나지도 않을 거예요. 그리고 저는 아주머니가 그걸 납득하지 못하실 거라는 생각이 들기 시작해요. 이 얘기를 계속 진척하는 게 아무 의미가 없다는 생각도요.

　　──그렇지만 일이 계속 일어나고 있잖아. 카를라는 자기 집의 포플러나무 세그루 옆에 차를 세워. 그밖에도 네가 듣고 싶어할 세세한 점들이 더 많아.

──더이상 가치가 없어요.

──아니야, 있어. 카를라가 안전벨트 버클을 꾹 누르자 벨트가 채찍처럼 휙 하고 제자리로 돌아와. 그 소리와 함께 내 현실감각도 선명하게 돌아오지. 니나는 뒷좌석에서 자고 있어. 안색이 창백하고, 내가 이름을 몇번이나 불러도 깨어나질 않아. 이제 아이의 원피스가 완전히 말랐는데, 변색된 천 여기저기에 크고 제각각인 둥근 얼룩들이 남아 있어. 꼭 커다란 해파리떼가 박혀 있는 것 같아.

──아만다 아주머니, 이러는 건 정말 의미가 없어요.

──나는 직감으로 알 수 있어, 이야기를 계속해야 해.

"이 예쁜이는 내가 안을게요." 너희 엄마가 뒷좌석 문을 열고 니나의 팔을 자기 어깨에 걸쳐 아이를 안아올리며 말해. "둘 다 낮잠을 푹 자게 될 거예요."

여기서 내려야 돼, 나는 생각해. 카를라가 발끝으로 차 문을 간신히 닫고서 내 딸을 안고 집으로 걸어가는 모습을 보는 동안 이 생각밖에 안 나더라고. 구조 거리가 팽팽하게 조여서, 우리를 묶고 있는 실이 나를 일으켜 세워. 나는 카를라의 등 뒤로 축 늘어진 니나의 작은 팔에서 눈을 떼지 않고 그들을 따라가. 카를라의 집 주변엔 풀은 없고 온통 흙과 먼지뿐이야. 정면에 집이 있고, 한쪽에 작은 헛간이 있어. 저 뒤쪽에 말 때문에 세운 듯한 울타리가 보이지만 동물은 한마리도 안 보여. 난 너를 찾아봐. 집에서 너랑 맞닥뜨리게 될까봐 걱정돼. 니나를 데려와서 차에 다시 타고 싶어. 안으로 들어가고 싶지 않아. 하지만 앉을 곳이 간절하고, 햇볕에서 벗어나 시원한 음료를 마시고 싶은 마음이 간절해서 내 몸이 니나를 뒤따라 들어가.

　—이건 중요하지 않아요.

　—나도 알아, 다비드, 그렇지만 넌 어차피 다 듣게 될 거야. 내 눈은 시간이 좀 지나서야 집 안의 어둠에 익숙해져. 가구는 거의 없는데 잡동사니가 많더라고. 볼품사납고 쓸모없는 물건들, 그러니까 아기 천사 장식품, 서랍장처럼 쌓여 있는 색색의 큰 플라스틱 상자, 벽에 고정된 금색과 은색 접시, 커다란 도자기 꽃병에 꽂힌 조화 들 말이야. 내가 상상한 너희 엄마의 집은 다른 모습이었어. 지금 카를라는 니나를 소파에 앉혀. 쿠션이 놓인 버드나무 소파야. 정면에 있는 타원형 거울을 보니 나는 벌건 얼굴로 땀을

흘리고 있어. 그리고 내 등 뒤로 현관문에 단 비닐 커튼이, 더 뒤쪽으로 포플러나무와 자동차가 보여. 카를라는 레모네이드를 준비하겠다고 말해. 부엌은 왼쪽에 있고, 그녀가 냉동실에서 사각 얼음통을 꺼내는 게 보여.

"당신이 올 줄 알았으면 집을 좀 치워놨을 텐데." 그녀는 손을 뻗어 선반에서 잔 두개를 꺼내며 말해.

내가 부엌 쪽으로 두걸음 가니 거의 카를라 옆이야. 모든 게 작고 어두워.

"그리고 뭔가 맛있는 걸 준비했을 텐데. 내가 버터쿠키 맛있게 잘 만든다는 얘기 했죠, 기억나요?"

당연히 기억나. 그 얘기는 우리가 처음 만난 날에 했어. 니나와 나는 그날 아침에 도착했고, 남편은 토요일은 되어야 올 예정이었어. 나는 우편함을 살펴보고 있었어. 혜세르 씨가 혹시 모르니까 거기에 열쇠 꾸러미를 하나 더 놓아두겠다고 했거든. 그때 처음으로 네 엄마를 본 거야. 너희 엄마는 집에서 빈 플라스틱 양동이 두개를 들고 오는 길이었는데 나한테 물에서 냄새가 나지 않더냐 묻더라고. 나는 긴가민가했어. 이 집에 도착하자마자 우리 둘 다

물을 조금 마시긴 했어, 그래, 하지만 모든 게 새로우니까 설사 물에서 냄새가 나는 걸 느꼈더라도 우리로선 이게 문제가 되는 건지 아닌지 알 수가 없잖아. 카를라는 걱정스러운 얼굴로 고개를 끄덕이고는 우리 집 부지의 가장자리에 난 길을 따라 계속 걸어갔어. 그녀가 돌아왔을 때 나는 부엌에 물건을 들여놓는 중이었지. 나는 그녀가 양동이를 내려놓고 우리 집 대문을 여는 걸, 그리고 또다시 양동이를 내려놓고 대문을 닫는 걸 창문 너머로 지켜봤어. 훤칠하고 날씬했지. 지금은 분명 물이 가득 찬 듯 보이는 양동이를 양손에 들고 있는데도 흐트러짐 없이 꼿꼿하고 우아하게 걸어오더라고. 카를라의 금색 샌들은 약간 들쭉날쭉하지만 일직선을 그렸어. 어떤 스텝이나 동작을 연습하는 것처럼. 그녀는 테라스에 이르러서야 고개를 들어 우리를 쳐다봤어. 양동이 하나를 나한테 주고 싶어하더라고. 그러면서 그날 하루는 수돗물을 쓰지 않는 게 낫겠다고 했어. 하도 끈질기게 권하기에 그러겠다고 했는데, 순간 그녀에게 물값을 내야 하나 말아야 하나 싶더라고. 돈을 낸다고 하면 혹시 그녀가 언짢아할까봐 대신 우리 셋

이 마실 아이스 레모네이드를 준비하겠다고 했어. 우리는 밖에서 수영장 물속에 발을 담근 채 레모네이드를 마셨어.

"내가 기막히게 맛있는 버터쿠키를 만들거든요. 이 레모네이드랑 더할 나위 없이 잘 어울릴 텐데." 카를라가 말했어.

"니나가 매료되겠네요." 난 장단을 맞췄어.

"맞아요, 우리는 매료될 거예요." 니나가 맞장구를 쳤지.

나는 너희 집 부엌에 있는 창문 옆 의자에 털썩 주저앉아. 너희 엄마는 내게 아이스티와 설탕을 건네줘.

"차에 설탕을 듬뿍 넣어요." 카를라가 말해. "정신이 번쩍 들 거예요."

내가 설탕을 건들지도 않는 걸 보고 카를라는 다른 의자에 앉아 손수 설탕을 듬뿍 넣어 저어주고는 나를 곁눈질로 지켜봐.

나는 차 있는 데까지 혼자 힘으로 갈 수 있을지 가늠해봐. 그때 무덤이 보이더라고. 밖을 내다보자마자 바로 알아보겠더라.

——무덤이 스물여덟개 있어요.

─그래, 스물여덟개지. 그리고 카를라는 내가 무덤을
바라보고 있다는 걸 알아. 그녀가 내 쪽으로 아이스티를
밀어줘. 나는 아이스티를 보고 있진 않지만 그 차가운 게
가까이 있으니 욕지기가 올라오더라고. 나는 마시지 못할
거야, 그런 생각이 들어. 네 엄마에겐 정말 미안하지만 나
는 아무것도 마실 수가 없을 거야. 목이 너무 마르지만 말
이야. 카를라는 기다려. 그녀는 자기가 마실 아이스티를
젓고 우리는 잠시 잠자코 있어.

"그애가 너무 그리워요." 마침내 그녀가 말문을 열어.
나는 대체 무슨 말인지 이해하기가 무척 힘들어. "그 나이
대의 아이들을 한명한명 전부 살펴봤어요, 아만다. 아이들
전부를요." 나는 그녀가 말하게 내버려두고 무덤이 몇개
인지 다시 세어봐. "애들 부모 몰래 따라가 아이들에게 말
을 걸고, 아이들 어깨를 잡고 두 눈을 들여다보면서요."

─우리는 앞으로 나아가야 돼요. 시간 낭비 중이라고요.

─지금은 너희 엄마도 뒷마당을 내다봐.

"무덤이 참 많죠, 아만다. 나는 항상 땅바닥을 보며 옷
을 널어요. 그 흙더미를 하나라도 밟을까봐……"

"소파로 가야겠어요." 내가 말해.

너희 엄마는 곧장 일어나서 나를 소파로 데리고 가. 나는 젖 먹던 힘을 다해 소파에 털썩 주저앉아.

— 제가 셋을 세면 일어나시는 거예요.

— 카를라가 나를 앉혀.

— 하나.

— 카를라가 내게 쿠션을 줘.

— 둘.

— 나는 팔을 뻗어. 그리고 곯아떨어지기 전에 니나를 꼬옥 끌어안아.

— 셋. 그렇게 의자를 꼭 붙잡고 일어나 앉으세요. 제가 보이세요, 아만다 아주머니?

— 그래. 네가 보여. 난 너무 피곤해, 다비드. 그리고 무시무시한 악몽을 꾸는 중이야.

— 뭐가 보이세요?

— 여기선 아니야, 여기에선 네가 보여. 다비드, 네 눈은 새빨갛고 속눈썹이 거의 남아 있질 않아.

— 악몽에서 말이에요.

—너희 아빠가 보여.

—아빠가 집에 있어서 그런 거예요. 지금은 밤인데 부모님
은 소파에 누워 있는 아주머니와 니나를 보고 말다툼을 하고 있
어요.

—너희 엄마가 내 지갑을 살펴보고 있네.

—나쁜 짓을 하는 건 전혀 아니에요.

—그래, 나도 알아, 뭘 찾고 있는 것 같아. 너희 엄마가
드디어 내 남편에게 전화를 할까. 그러기만 하면 될 텐데.
너희 엄마한테 내가 이 말 여러번 했지?

—처음에 하셨어요. 지금 카를라는 어떤 전화번호를 찾으려
고 해요.

—너희 아빠는 소파 맞은편에 앉아 우리를 쳐다봐. 아
직 식탁에 있는, 손대지 않은 내 차를 보고, 너희 엄마가
벗겨 소파 한쪽에 놓아둔 내 신발을 보고, 니나의 두 손을
바라봐. 너, 너희 아빠랑 판박이구나.

—네.

—너희 아빠도 눈이 큰데, 우리가 거기 없었으면 하고
바라겠지만 놀란 것 같지는 않아. 나는 계속 자다 깨다 해.

그리고 지금은 불이 꺼져 있어서 온통 어두워. 이제 밤이고, 너희 부모님은 집에 없는 것 같아. 네가 보이는 것 같아. 내가 널 보고 있니? 너는 비닐 커튼 옆에 있지만 그 뒤로는 빛이 없어. 포플러나무도, 밭도 더이상 보이지 않아. 지금 너희 엄마가 내 옆을 지나 뒷마당으로 난 창문을 열어. 순간 공기에서 라벤더 향이 풍겨. 너희 아빠 목소리가 들려. 지금은 누군가가 더 있어. 응급실에 있던 여자야. 그여자가 너희 집에 와 있고, 네 엄마는 물 한잔을 들고 다가가. 여자가 나한테 몸 상태가 어떤지 물어봐. 나는 애써 몸을 일으켜 또 약을 한알 삼켜. 니나도 한알을 받아. 니나는 약간 차도가 있는 것 같고, 내게 뭔가를 묻는데 나는 대답을 못해.

　　──약 효과는 나타났다 사라졌다 하죠. 두 사람은 중독된 거예요.

　　──맞아. 그런데 왜 우리한테 일사병 약을 주는 걸까?

　　──간호사가 아주 멍청한 사람이니까요.

　　──그러고 나는 다시 잠이 들어.

　　──몇시간씩이나요.

—그래. 그런데 그 간호사의 아들, 이 교실에 오는 아이들, 그애들도 중독된 거니? 엄마가 돼서 어떻게 그걸 눈치채지 못하니?

　—모두가 중독을 겪은 건 아니에요. 일부는 중독된 채로 태어나요. 애들 엄마가 공기 중에서 들이마신 것 때문에, 먹거나 만진 것 때문에요.

　—나는 새벽에 깨.

　—니나가 아주머니를 깨워요.

　—니나가 "엄마, 이제 그만 가요" 하면서 날 흔들어.

　나는 아이에게 정말 고마워. 그애의 말이 명령 같고, 그애가 방금 우리 둘의 목숨을 구한 것만 같아. 나는 조용히 해야 된다는 뜻으로 손가락을 입술에 대.

　—두 사람 다 좀 나아졌어요. 하지만 그건 약 효과 때문이고 약 효과는 나타났다 사라져요.

　—나는 여전히 너무 어지러워서 여러번 시도해야 간신히 일어설 수 있어. 눈이 따끔거려서 눈을 두어번 비벼. 니나는 어떤지 모르겠어. 아이는 운동화 끈을 묶고 있어. 제대로 묶는 법은 아직 모르지만. 아이는 얼굴에 핏기가

없지만 울지도 않고 보채지도 않아. 나는 지금 서 있어. 벽에, 타원형 거울에, 부엌 기둥에 기대면서 몸을 지탱해. 차열쇠는 지갑 옆에 있어. 나는 아무 소리도 내지 않으려고 조심하면서 짐을 천천히 챙겨. 다리에 니나의 손이 닿는 게 느껴져. 문이 열려 있고, 우리는 머리를 숙이고 긴 비닐 커튼을 통과해. 마치 춥고 깊은 동굴을 빠져나와 빛을 향해 가는 것처럼. 집을 빠져나오자마자 니나는 나한테서 떨어져. 차 문은 잠겨 있지 않고, 우리 둘 다 운전석 문으로 차에 타. 나는 차 문을 닫고, 시동을 걸고, 몇미터 후진해서 자갈길까지 가. 방향을 틀기 전에 백미러로 너희 엄마의 집을 마지막으로 바라봐. 너희 엄마가 가운을 입고 나오는 모습을, 문 앞에서 나한테 뭔가 신호를 보내는 모습을 잠시 상상해. 하지만 아무것도 움직이지 않아. 니나는 혼자 뒷좌석으로 가서 안전벨트를 매.

"물 마시고 싶어요, 엄마." 그애는 이렇게 말하곤 책상다리를 하고 앉아.

나도 물을 마시고 싶다고 생각해, 당연하지, 지금 우리에게 필요한 건 그것뿐이니까. 우리는 몇시간이나 아무것도 마시지 못했고, 중독을 치료하려면 물을 많이 마셔야 하잖아. 마을에서 생수를 몇병 사야겠네, 나는 생각해. 나도 목이 말라. 일사병 약이 부엌 식탁에 있었는데 거리로 나서기 전에 한알을 더 먹는 게 좋았으려나 싶어. 니나가 얼굴을 찡그리며 나를 쳐다봐.

"괜찮니, 니나? 우리 아가?"

아이의 눈에 눈물이 고이지만 나는 다시 물어보지 않아. 우리는 아주 강해, 니나와 나. 자동차가 자갈길을 벗어나 마침내 읍내의 아스팔트길로 접어드는 사이 나는 스스로에게 이렇게 말해. 몇시인지는 모르겠지만 아직 길에는 아무도 없어. 사람들이 다 잠든 마을에서 도대체 물을 어디 가 사지? 나는 눈을 비벼.

— 잘 안 보이시니까요.

— 세수를 해야 할 것 같아. 이른 시간치고는 날이 밝아.

— 날이 밝은 게 아니라 아주머니 눈 때문에 그렇게 보이는 거예요.

— 눈 속에 뭔가 거슬리는 게 있어. 아스팔트와 대로변의 파이프에 반사된 빛. 나는 햇빛가리개를 내리고 글러

146

브박스에서 선글라스를 찾아. 움직일 때마다 너무 힘이 들어. 눈이 부셔서 눈을 찡그릴 수밖에 없는데, 그런 상황에서 운전하기가 힘들어. 그리고 몸이 말이야, 다비드. 몸이 너무 가려워. 벌레 때문이니?

— 벌레 같은 느낌이 들죠. 온몸에 작은 벌레가 기어다니는 것 같은. 몇분 있으면 니나가 차 안에 혼자 남게 될 거예요.

— 안돼, 다비드. 그런 일은 있을 수 없어. 니나가 차 안에서 혼자 뭘 하겠니? 안돼, 제발. 지금이지? 바로 지금이야. 내가 니나를 보는 건 이번이 마지막이야. 교차로 전에, 길 좀더 앞쪽에 뭐가 있어. 나는 속도를 늦추고 눈을 더 가늘게 떠. 어려워, 다비드. 너무 아파.

— 우리인가요?

— 누구 말이니?

— 길을 건너는 사람들이요.

— 사람들이 무리 지어 있어. 나는 차를 세우고 그들을 봐. 그들은 차에서 고작 몇센티미터 떨어져서 길을 건너고 있어. 이 시간에 이렇게 많은 사람이 모여서 뭘 하고 있지? 아이들이 많아, 거의 전부가 아이들이야. 이 시간에

단체로 길을 건너면서 뭘 하고 있는 거지?

　— 우리를 대기실로 데려가는 거예요. 하루 일과가 시작되기 전에 우리를 거기 데려다놓는 거죠. 운이 나쁘면 우리를 집에 일찍 데리고 가지만 보통은 밤까지 집에 가지 않아요.

　— 교차로마다 여자가 한명씩 서서 아이들이 안전하게 건너는지 지켜보고 있어.

　— 집에서는 우리를 돌보기가 어려워요. 심지어 어떻게 돌보는지 모르는 부모도 있고요.

　— 여자들은 응급실 여자와 같은 앞치마를 두르고 있어.

　— 간호사들이에요.

　— 모든 연령대의 아이들이 있어. 보기가 너무 어려워. 나는 운전대 위로 몸을 숙여. 마을에 건강한 아이들도 있니?

　— 네, 몇명 있어요.

　— 걔네는 학교에 가니?

　— 네. 하지만 여기엔 멀쩡하게 태어나는 애들이 거의 없어요.

　— "엄마?" 니나가 불러.

　— 의사가 없어서 녹색 집 아주머니가 할 수 있는 범위 내에서 치료를 해줘요.

148

──눈에서 눈물이 흘러서 나는 양손으로 눈자위를 눌러.

"엄마, 저기 그 머리 큰 애가 있어요."

나는 잠시 눈을 뜨고 앞을 바라봐. 카사 오가르에서 본 여자아이가 차 앞에 꼼짝 않고 서서 우리를 보고 있어.

──하지만 제가 그 아이를 밀죠.

──그래, 맞아, 그 아이를 미는 사람이 너네.

──그애는 항상 앞으로 가라고 누가 밀어줘야 돼요.

──아이들이 많이 있어.

──우리는 전부 해서 서른세명이지만 숫자는 계속 바뀌어요.

──이상한 아이들이야. 걔들은, 글쎄, 눈이 계속 따가워. 기형아들이야. 속눈썹도, 눈썹도 없고 피부는 분홍색, 진한 분홍색에 비늘로 뒤덮여 있어. 너 같은 애는 몇명밖에 없어.

──제가 어떤데요, 아만다 아주머니?

──글쎄, 다비드, 보다 정상적이랄까? 이제 마지막 아이가 건너가. 마지막 여자도 건너가지. 그 여자는 아이들을 따라가기 전에 잠시 멈춰서서 나를 쳐다봐. 나는 차 문을 열어. 모든 게 하얗게 보이기 시작해. 눈에 뭐가 들어간

것 같은 느낌 때문에 나는 계속 눈을 비벼.

　　── 벌레가 들어간 느낌이죠.

　　── 맞아. 물이 있다면 세수를 할 수 있을 텐데. 나는 밖으로 나와서 차에 기대. 그리고 그 여자들을 생각하지.

　　── 간호사라니까요.

　　── "엄마……" 니나가 울먹여.

　　그 여자들한테 물을 조금 얻을 수만 있다면. 하지만 생각하기가 너무 힘들어, 다비드. 너무 어지럽고 너무 목이 마르고 너무 불안해. 니나는 계속 나를 불러대는데 나는 그애를 볼 수 없고, 이제 사실상 아무것도 보이지 않아. 사방이 온통 흰색으로 변하고 이제는 내가 니나를 부르고 있어. 나는 차를 손으로 더듬으며 다시 차에 타려고 해.

　　"니나, 니나." 나는 계속 니나를 불러.

　　온통 하얀색이야. 니나의 손이 내 얼굴을 만지는데 나는 그 손을 거칠게 뿌리쳐.

　　"니나." 나는 아이에게 말해. "아무 집에나 가서 초인종을 눌러. 초인종을 누르고 아빠한테 전화를 걸어달라고 부탁해."

니나, 나는 되풀이하며 여러번 말해. 그런데 지금 니나는 어딨니, 다비드? 어떻게 내가 이제까지 내내 니나 없이 있었을까? 다비드, 그애는 어디 있니?

——카를라는 아주머니가 또다시 응급실로 실려갔다는 소식을 듣자마자 아주머니를 찾아왔어요. 아주머니가 쓰러지신 뒤 카를라가 찾아오기까지 일곱시간, 그리고 중독된 지 하루가 지났어요. 카를라는 이 모든 게 대기실 아이들, 말과 개와 오리의 죽음, 그리고 더이상 자기 아들이 아니지만 여전히 자기 집에 살고 있는 아이와 관련되어 있다고 생각해요. 카를라는 모든 게 자기 잘못이라고, 그날 오후 제 정신을 다른 몸으로 옮기면서 뭔가 변화를 일으켰다고 생각해요. 뭔가 작고 눈에 보이지 않는 것이 모든 걸 망쳤다고요.

——그게 사실이니?

——이건 카를라 잘못이 아니에요. 훨씬 더 나쁜 무언가 때문이죠.

——그런데 니나는?

——그래서 카를라가 곧장 온 거예요. 카를라는 아주머니가 쇠약해진 채 열이 나서 땀을 흘리고 제 환영을 본다는 걸 알고는

녹색 집 아주머니와 얘기해야겠다고 확신했어요.

　—맞아, 카를라는 침대 발치에 앉아 있고, 녹색 집 여인과 얘기해보는 게 지금 우리가 할 수 있는 최선의 방법이라고 말해. 카를라는 내 생각도 같은지 알고 싶어해. 지금 카를라가 하는 말이 무슨 뜻이니, 다비드?

　—카를라가 보이세요? 이제 다시 보실 수 있는 건가요?

　—조금 보여, 여전히 모든 게 하얗지만 지금은 눈이 따갑지 않아. 따가움을 가라앉히는 약을 준 걸까? 형상이 흐릿하게 보여, 나는 너희 엄마의 모습을 알아보고 목소리를 알아들어. 내가 남편에게 전화를 걸어달라고 말하니까, 카를라는 나한테 뛰어오다시피 해. 내 두 손을 움켜잡고 좀 어떠냐고 물어봐.

　"남편한테 전화 좀 해줘요, 카를라."

　나는 그녀에게 말해, 정말로 그녀에게 이렇게 말했어.

　—그래서 카를라는 아주머니 남편분에게 전화를 걸어요. 아주머니는 카를라가 받아적을 때까지 남편분의 번호를 여러번 불러주고, 카를라는 남편분을 연결해서 아주머니에게 전화기를 건네줘요.

─그래, 그이의 목소리야, 드디어 남편의 목소리야. 내가 너무 울어서 남편은 무슨 일인지 알아듣지 못해. 몸이 너무 아파, 나는 그걸 깨닫고 남편에게 그렇게 말해. 다비드, 이건 일사병이 아니야. 그래서 나는 울음을 그치지 못해. 내가 너무 울어서 그이가 전화에 대고 소리를 질러, 그만 울고, 무슨 일인지 설명해보라고. 남편이 니나는 어떤지 물어봐. 니나는 어디 있니, 다비드?

─그래서 카를라는 아주머니한테서 전화기를 부드럽게 빼앗아 아주머니 남편분과 통화하려고 해요. 카를라는 당황해서 무슨 말을 해야 할지 잘 몰라요.

─카를라는 내 상태가 안 좋다고 말해. 오늘 응급실에 의사가 없지만 이미 의사를 부르러 갔다고도 하고, 내 남편에게 올 건지 물어봐. 그녀는 그렇다고 해, 니나는 괜찮다고. 보이니, 다비드, 니나가 무사한지 보이니. 카를라는 지금 아주 가까이 있어. 너는 어디 있니? 너희 엄마가 네가 나랑 같이 있는 걸 아시니?

─그걸 알아도 카를라는 놀라지 않을 거예요. 카를라는 이 모든 일의 배후에 제가 있다고 혼잣말을 해요. 최근 10년간 이 마

을을 저주한 게 무엇이건 간에 제 안에 있다고도요.

　——카를라는 침대에 앉아, 바짝. 또다시 그 자외선차단
제의 달콤한 향이야. 그녀는 내 머리를 가지런히 매만져.
그녀의 손가락은 얼음장 같지만 기분이 좋아. 그녀의 팔
찌들이 짤랑대는 소리도. 나 열이 많이 나니, 다비드?

　"아만다." 너희 엄마가 불러.

　내가 보기엔 카를라가 울고 있는 것 같아. 내 이름을 부
를 때 네 엄마 목소리에 뭔가 주저하는 기색이 있어. 카를
라는 녹색 집 여인 얘기를 계속해. 시간이 얼마 없다고.

　——맞는 말이에요.

　——"빨리 해야 돼요." 그녀는 이렇게 말하고 내 두 손을
부여잡아. 그녀의 차가운 두 손이 축축한 내 손을 꼭 쥐어.
그러고 내 손목을 쓰다듬어. "당신도 동의한다고 말해요,
당신의 동의가 필요해요."

　나는 그녀가 나를 녹색 집에 데려가고 싶어하는 거라고
생각해.

　"난 그냥 내 몸에 있을래요, 카를라."

　나는 그런 일 안 믿어요, 이렇게 말하고 싶어. 하지만 그

말은 그녀에게 들리지 않는 것 같아.

"아만다, 나는 당신이 아니라 니나 얘기를 하는 거예요." 네 엄마가 말해. "당신이 이리로 실려왔다는 말을 듣자마자 나는 니나에 대해 물었지만 아무도 그애가 어디 있는지 모르더라고요. 우리는 헤세르 씨의 차를 타고 니나를 찾아다녔어요."

실이 더욱더 팽팽하게 조여.

— 니나는 아주머니 차가 주차된 곳에서 몇 블록 떨어진 연석에 앉아 있었어요.

— "아만다, 진짜 우리 다비드를 찾으면," 너희 엄마가 말해. "나는 그애라는 걸 분명 한눈에 알아볼 거예요." 그녀는 꼭 내가 당장이라도 쓰러질 것처럼 내 손을 있는 힘껏 꽉 쥐어. "니나가 오랜 시간 견디지 못할 거라는 걸 아만다가 납득해야 돼요."

"니나는 어디 있어요?" 나는 필사적으로 물어. 수백개의 바늘로 찌르는 듯한 고통이 목구멍에서부터 손끝과 발끝까지 퍼져나가.

너희 엄마는 내 동의를 구하는 게 아니라 용서를 구하고 있어, 지금 녹색 집에서 벌어지고 있는 일에 대해서 말이야. 나는 그녀의 손을 놔. 구조 거리가 엉망으로 엉켜서 순간 숨을 쉴 수가 없어. 나는 여기서 나가는, 침대에서 내려가는 생각을 하고 있어. 하느님 맙소사, 나는 생각해. 하느님 맙소사. 얼른 가서 니나를 그 집에서 데리고 나와야 돼.

—하지만 아주머니는 시간이 좀 지나야 움직이실 수 있을 거예요. 약 효과가 나타났다 사라졌다 하고, 열도 올라갔다 내려갔다 할 거예요.

—남편과 다시 통화를 해야겠어. 니나가 어디 있는지 그이에게 말해줘야겠어. 통증이 되돌아오고, 머리에 직격탄을 맞은 것처럼 새하얘져서 한번에 몇초씩 간헐적으로 눈이 안 보여.

"아만다……" 카를라가 말해.

"안돼, 안돼요." 나는 안된다고 말하고 또 말해.

—너무 많이요.

—내가 소리 지르고 있니?

—니나의 이름을요.

—카를라가 나를 안으려고 하는데 나는 그녀를 밀어

내기가 힘들어. 내 몸은 견딜 수 없을 정도로 뜨거워지고, 손톱 밑에서 손가락이 벌겋게 부어올라.

—그렇지만 소리는 계속 지르고 계시죠. 그래서 지금 간호사 한분이 병실에 와 있어요.

—간호사는 카를라랑 얘기하는 중이야. 뭐라고 하니, 다비드, 간호사가 뭐라니?

—의사가 오는 중이라고요.

—하지만 이제 나는 가망이 없어.

—통증이 나타났다 사라졌다 하고, 열도 올라갔다 내려갔다 해요. 그래서 카를라가 거기서 또다시 아주머니 손을 잡고 있죠.

—잠깐 니나의 손이 보여. 그애는 여기 없지만 손은 더없이 또렷하게 보여. 걔의 작은 손에 진흙이 묻어 더러워졌어.

—아니면 그 손은 제가 부엌에 나타났을 때 그 더러운 손일지도 몰라요. 그때 전 벽에서 손을 떼지 않은 채 부엌 입구에서부터 카를라를 찾았죠.

—그렇지 않아, 그건 니나의 손이야, 나는 그 손을 볼 수 있어.

"해야만 하는 일이었어요." 카를라가 말해.

일이 지금 일어나고 있어. 왜 니나의 손이 진흙투성이지? 내 딸의 손에서 무슨 냄새가 나는 거지?

"안돼요, 카를라. 안돼요, 제발."

천장이 멀어지고 내 몸은 침대의 어둠속으로 가라앉아.

"그애가 어디로 가는지 알아야겠어요." 내가 말해.

카를라가 내 위로 몸을 숙이자 모든 게 완전한 침묵에 싸여.

"그럴 순 없어요, 아만다, 그럴 수 없다고 이미 얘기했잖아요."

천장에 달린 선풍기 날개가 천천히 돌아가는데 바람은 내게 닿지 않아.

"당신이 그 여인한테 부탁해야 돼요." 내가 말해.

"하지만 아만다……"

"당신이 사정해야 된다고요."

누군가가 복도에서 다가오고 있어. 발소리가 작아서 거의 알아챌 수 없지만 나는 그 소리를 또렷이 들을 수 있어. 녹색 집에서의 네 발소리처럼 갈라진 마룻바닥 위를 딛는 작고 축축한 두 발.

"그애를 최대한 가까이 있게 해달라고요."

네가 개입할 수 있니, 다비드? 니나를 가까이 있게 할
수 있니?

—누구와 가까이요?

—가까이, 집에서 가까이 말이야.

—할 수 있을 거예요.

—어떻게든 그렇게 해줘, 제발 부탁이야.

—할 수는 있겠지만 아무 소용 없을 거예요.

—부탁이야, 다비드. 그리고 이게 내가 마지막으로 할
수 있는 말이야. 나는 이게 마지막이라는 걸 알아. 이 말을
하기 직전에 그걸 알게 됐어. 모든 게 침묵에 싸여 있어,
마침내. 길고 음조를 띤 침묵. 이제는 날개도, 천장에 달린
선풍기도 없어. 이제는 간호사도, 카를라도 없어. 시트도
지금은 없고 침대도, 방도 없어. 이제는 아무 일도 일어나
지 않아. 내 몸만 있을 뿐이야. 다비드?

—네?

—나는 너무 피곤해. 중요한 일이란 건 뭐니, 다비드?

네가 말해줘야겠어. 고난이 끝나가고 있으니까, 그치? 중요한 게 뭔지 네가 말해줘야겠어, 그런 다음에는 침묵이 이어지면 좋겠어.

　── 지금 아주머니를 앞으로 밀어드릴게요. 저는 오리들을 밀어주고, 헤세르 씨의 개도, 말들도 앞으로 밀어줘요.

　── 카사 오가르의 여자아이도. 독 때문이지? 독이 사방에 있는 거지, 그렇지, 다비드?

　── 독은 항상 있었죠.

　── 그럼 다른 것 때문인가? 내가 뭔가 잘못했기 때문이니? 내가 나쁜 엄마였어? 내가 자초한 일이니? 구조 거리.

　── 통증은 나타났다 사라졌다 하죠.

　── 내가 니나랑 같이 잔디밭에 앉아 있을 때, 드럼통 사이에 말이야. 그게 구조 거리였는데 작동하지 않았어, 내가 위험을 보지 못했어. 그리고 지금은 내 몸속에 뭔가가 더 있어, 또다시 활성화되거나 비활성화되는 것, 날카롭고 번쩍번쩍 빛나는 것이.

　── 그게 바로 통증이에요.

　── 그런데 왜 더이상 느껴지지 않지?

―그게 배를 관통해요.

―맞아, 배를 꿰뚫어 가르지만 나는 그걸 못 느껴. 그게 하얗고 차갑게 떨면서 나를 향해 돌아오고 있어, 내 눈까지 왔어.

―제가 손을 잡아드릴게요, 저 여기 있어요.

―그리고 지금은 실, 구조 거리의 실.

―네.

―마치 위를 밖에서 묶어놓은 것 같아. 꽉 조여.

―무서워하지 마세요.

―그게 목을 조르고 있어, 다비드.

―끊어질 거예요.

―아니, 그래선 안돼. 실은 끊어지면 안돼, 나는 니나의 엄마고 니나는 내 딸이니까.

―우리 아빠를 생각해보신 적 있어요?

―너희 아빠를? 뭔가가 실을 더 세게 잡아당겨서 배 주위가 당겨. 실이 내 위를 두조각 내려고 해.

―그 전에 실이 먼저 끊어질 거예요, 숨 쉬세요.

―그 실은 끊어져선 안돼, 니나는 내 딸이야. 하지만

그래, 하느님 맙소사, 실이 끊어져.

　　— 이제 시간이 거의 없어요.

　　— 내가 죽어가고 있니?

　　— 네. 몇분 안 남았어요. 그렇지만 아주머니는 아직 중요한 것을 이해하실 수 있어요. 우리 아빠가 하는 말을 들으실 수 있도록 아주머니를 앞으로 밀어드릴게요.

　　— 왜 너희 아빠의 얘기를 들어야 하니?

　　— 아주머니에겐 우리 아빠가 무뚝뚝하고 단순해 보이겠지만, 그건 아빠가 말馬을 전부 잃어서 그래요.

　　— 뭔가가 떨어져나가.

　　— 실이에요.

　　— 이제 팽팽하게 당기는 힘은 없어. 하지만 실이 느껴져, 실은 여전히 존재해.

　　— 맞아요, 하지만 남은 시간이 거의 없어요. 오로지 명확한 몇분이 있을 뿐이죠. 우리 아빠가 얘기할 땐 딴생각하지 마세요.

　　— 네 목소리가 작아서 이제 잘 안 들려.

　　— 집중해서 잘 들으세요, 아만다 아주머니, 몇분밖에 지속되지 않을 테니까요. 지금은 뭔가가 보이세요?

─내 남편이야.

─제가 아주머니를 앞으로 밀고 있어요, 보이세요?

─그래.

─이게 마지막으로 하는 노력일 거예요. 이게 마지막으로
일어날 일이에요.

─그래, 그이가 보여. 내 남편이야, 우리 차를 운전하
고 있어. 그이가 지금 마을로 들어와. 이 일이 실제로 일어
나는 중이니?

─이야기를 중단하지 마세요.

─그이가 또렷하고 밝게 보여.

─되돌아가지 마세요.

─내 남편이야.

─결국 저는 더이상 여기 없을 거예요.

─하지만 다비드……

─저한테 말 걸면서 더이상 시간 낭비하지 마세요.

─남편이 대로를 타고 천천히 앞으로 나아가. 모든 게
아주 분명하게 보여. 신호 때문에 그이는 멈춰서야 해. 그
건 읍내에 단 하나밖에 없는 신호등이야. 노인 둘이 천천

히 길을 건너면서 그이를 쳐다봐. 하지만 남편은 딴생각에 정신이 팔려 있고 정면만 응시한 채 길에서 시선을 떼지 않아. 이어서 광장, 슈퍼마켓, 주유소를 지나. 응급병동도 지나가. 그러고는 자갈길에 접어들어 우회전을 해. 천천히, 일직선으로 차를 몰지. 그이는 움푹 팬 구덩이도, 과속방지턱도 피해가지 않아. 마을 저 멀리서 헤세르 씨의 개들이 달려나와 뒤를 쫓으며 타이어에 대고 짖어대지만 그이는 속도를 줄이지 않아. 그이는 내가 니나랑 빌린 집을 지나쳐. 그 집을 보지도 않아. 그 집을 뒤로하고 카를라의 집이 보이기 시작해. 그이는 흙길을 타고 언덕을 올라가. 차를 나무들 옆에 세우고 시동을 꺼. 차 문을 열어. 그이는 소리가 얼마나 크게 울리는지 의식해. 차 문을 닫자 쾅 소리가 멀리 밭에서부터 되돌아오거든. 그이는 더럽고 낡은 집을, 지붕에 양철을 덧대 수리한 부분들을 바라봐. 그 뒤로 보이는 하늘이 우중충해. 그래서 한낮인데도 집 안에는 불이 몇 개 켜져 있어. 그이는 긴장하고 있고, 누가 자기를 지켜보고 있을지도 모른다는 걸 알고 있어. 나무로 된 통로의 계단 세단을 미처 오르기도 전에 문이 열

려 있고 비닐 커튼이 벽에 묶여 있는 게 보여. 지붕 아래쪽
에 작은 종이 매달려 있지만, 그이는 용설란 실을 당기지
않아. 대신 손뼉을 두번 치니 안에서 낮은 목소리가 "들어
오세요"라고 말하지. 그이 또래의 남자 한명이 부엌에 있
어. 그 남자는 남편에게 관심을 기울이지 않고 찬장에서
뭘 찾고 있어. 그 사람이 너희 아빠 오마르 씨야. 하지만
두 남자는 서로 아는 사이 같지는 않아.

"얘기 좀 할 수 있을까요?" 내 남편이 물어봐.

너희 아빠는 대답하지 않지만 남편은 재차 묻지 않기로
해. 그이는 들어가겠다는 몸짓을 하지만 잠시 머뭇거려.
부엌이 작은데 그 남자가 영 움직이질 않거든. 남편이 축
축한 마룻바닥 위로 한걸음 내딛자 마루가 삐걱거려. 남
자가 움직이지 않는 걸 보고 남편은 그에게 이미 다른 사
람들이 찾아왔던 모양이라고 짐작해.

"마테 드실래요?" 너희 아빠가 등을 돌린 채, 이미 우리
고 난 마테 잎을 개수대에 쏟아버리면서 물어봐.

그이는 그러겠다고 해. 너희 아빠는 의자 하나를 가리
키고 남편은 거기에 앉아.

"저는 아내 되시는 분을 뵌 적이 거의 없어요." 너희 아빠가 말해. 그러고는 마테 잔에 손가락을 넣고 남아 있는 찻잎을 꺼내 개수대에 버려.

"네, 하지만 부인께서는 제 아내를 만나셨더라고요." 남편이 말해.

"제 아내는 떠났습니다."

너희 아빠는 식탁 위에 마테 잔을 놔. 탁 소리가 나도록 세게 내려놓지는 않지만 그렇다고 친절한 동작도 아니야. 너희 아빠는 마테 잎과 설탕 그릇을 들고 남편 맞은편 자리에 앉아서 그이를 뚫어지게 쳐다봐.

"계속 말씀하시죠." 너희 아빠가 말해.

그 남자 뒤의 벽에는 그가 같은 여자랑 찍은 사진이 두 장 걸려 있고, 아래에는 그가 여러 말과 찍은 사진들이 있어. 그 사진들은 전부 못 하나로 고정되어 있고, 각 사진은 같은 용설란 실로 이전 사진에 묶여서 매달려 있어.

"딸아이 상태가 좋지 않아요." 남편이 말을 계속해. "벌써 한달 넘게 지났지만……"

너희 아빠는 그이를 쳐다보지 않고 자기가 마실 마테를

한잔 더 따라.

"제 말은, 딸아이는 잘 있어요. 치료 중이고 피부에 난 반점도 이제는 별로 아프지 않고요. 회복하는 중이죠, 그 애가 겪은 그 모든 일을 이겨내고요. 하지만 뭔가가 더 있는데 그게 뭔지를 모르겠어요. 아이의 몸 안에, 뭔가가 더 있어요." 그이는 말을 이초쯤 멈췄다가 다시 이어. 마치 너희 아빠에게 이해할 시간을 주려는 것처럼. "무슨 일이 있었는지 아시나요? 니나한테 무슨 일이 일어난 건가요?"

"모릅니다."

길고 긴 침묵의 순간이 흘러. 그동안에 두 사람 다 움직이지 않아.

"틀림없이 아실 텐데요."

"나는 모릅니다."

남편이 식탁을 쾅 하고 내리쳐. 자제한 동작이지만 효과적이야. 설탕 그릇이 펄쩍 뛰어오르고 뚜껑이 약간 옆으로 떨어져. 너희 아빠는 이제야 그이를 쳐다보지만 놀란 기색 없이 대꾸해.

"내가 말해줄 수 있는 게 없다는 걸 알잖습니까."

너희 아빠는 마테 빨대를 입으로 가져가. 그게 부엌에
서 빛나는 유일한 물건이지. 남편은 무슨 말을 더 하려고
해. 그러나 그때 복도에서 무슨 소리가 들려. 무슨 일이 일
어나고 있지만 남편이 앉아 있는 곳에서는 볼 수가 없어.
다른 남자에게는 익숙한 일이어서 그는 놀라지도 않아.
너구나, 다비드. 내가 말로 표현할 수 없는 다른 무언가가
있지만 그건 너야. 너는 부엌에 나타나 그들을 바라보고
있어. 남편은 너를 보고는 두 주먹이 느슨해지고, 네 나이
를 가늠하려고 해. 그이는 네 이상한 눈빛에 주목해, 이따
금 자기를 넋 놓고 바라보는 그 눈빛에. 그리고 네 반점을
눈여겨봐.

"여기 있습니다." 너희 아빠가 말하고 자기 마테를 또
한잔 따라. 이번에도 남편에게는 마테를 권하지 않고. "보
시다시피 나도 물어볼 사람이 있으면 좋겠군요."

너는 내 남편에게 주의를 기울인 채 얌전히 기다리고
있어.

"요즘 들어 녀석이 집 안의 물건이란 물건은 전부 묶어
두고 있어요."

너희 아빠가 거실을 가리켜. 거기에는 많은 물건이 용설란 실에 매달려 있거나 물건끼리 같이 묶여 있어. 이제 남편은 이유는 모르지만 그쪽에 온 신경을 집중하고 있어. 물건을 아무렇게나 묶어둔 것 같지는 않아, 오히려 한심할 정도로 어질러진 집과 집 안에 있는 온갖 잡동사니를 네 방식으로 어떻게든 정리해보려고 한 것 같아. 남편은 거기에 무슨 의미가 있는지 이해하려고 노력하며 다시 너를 바라보지만, 너는 현관문으로 달려나가. 두 남자는 잠자코 집에서 멀어지는 네 발소리에 귀를 기울여.

"이리 오시죠." 너희 아빠가 말해.

두 사람은 거의 동시에 자리에서 일어나. 남편은 너희 아빠를 따라 밖으로 나가. 그리고 너희 아빠가 계단을 내려가면서 널 찾는 듯이 양쪽을 살피는 모습을 보지. 그이는 너희 아빠를 키 크고 강인한 남자로 생각하고, 너희 아빠의 몸 양옆으로 늘어져 있는 커다랗고 쫙 펼쳐진 두 손을 봐. 너희 아빠는 벌써 집에서 꽤 멀리 가서 걸음을 멈춰. 남편은 너희 아빠 쪽으로 몇걸음 다가가. 두 사람은 서로 가까이 있어. 가까이 있지만 동시에 그 넓은 땅 위에서 각자 외롭게 있어. 저 멀리 콩밭 너머는 우중충한 구름 아래에서도 녹색으로 빛나고 있어. 하지만 두 사람이 걸어온, 길에서 개울에 이르는 땅은 건조하고 척박해.

"아시겠지만," 너희 아빠가 말문을 열어. "저는 예전에 말을 키웠습니다." 그러고는 스스로에게 하듯이 고개를 가로저어. "하지만 지금 어디서 말의 소리가 들립니까?"

"아니요."

"그러면 다른 소리가 들리는 게 있습니까?"

너희 아빠는 주위를 둘러봐. 마치 내 남편이 들을 수 있는 것보다 훨씬 더 먼 곳의 침묵까지 들을 수 있다는 듯이. 공기에서 비 냄새가 나고 축축한 기운이 땅에서부터 올라와.

"이제 그만 가보시죠." 너희 아빠가 말해.

남편은 그런 명령 혹은 허락에 감사하듯 고개를 끄덕여.

"비가 내리기 시작하면 진흙에 차가 빠져서 옴짝달싹 못할 겁니다."

두 사람은 아까보다 서로 더 거리를 둔 채로 함께 차를 향해 걸어가. 그때 남편이 너를 발견하지. 너는 뒷좌석에 앉아 있어. 머리가 등받이 위로 살짝 튀어나와 있어. 남편은 차에 다가가서 운전석 창문으로 안을 들여다봐. 너를 차에서 내리게 하고, 지금 당장 그곳을 떠나고 싶은 마음뿐이야. 너는 의자에 꼿꼿이 앉아서 마치 애원하듯이 그이의 눈을 쳐다봐. 나는 남편을 통해 보고 있어, 네 눈 속에 있는 다른 사람의 눈을. 안전벨트를 매고 좌석 위에 올린 책상다리. 살며시 니나의 두더지 인형으로 향하는 손, 인형을 잡으려는 듯 인형의 다리 위에 올려놓은 더러운 손가락.

"내리렴." 남편이 말해. "지금 당장 내리라고."

"이 녀석이 어딜 가려고." 너희 아빠가 뒷좌석 문을 열면서 말해.

네 눈은 남편의 시선을 간절히 좇아. 하지만 너희 아빠는 안전벨트를 풀고 네 팔을 잡아끌지. 남편은 화가 난 채 차에 올라타. 두 사람의 형체가 점점 멀어져 집으로 돌아가는 모습이 보여. 두 사람은 멀찍이 떨어진 채 차례로 집에 들어가고, 안에서 문이 잠기지. 그제야 남편은 차의 시동을 걸고 언덕을 내려가 자갈길로 접어들어. 그이는 이미 너무 많은 시간을 허비했다고 느껴. 읍내에서 차를 멈추지도 않고, 뒤를 돌아보지도 않아. 콩밭도, 메마른 땅을 가로질러 흐르는 개울도, 가축 한마리 없이 몇킬로미터나 드넓게 펼쳐진 들판도, 별장과 공장도 쳐다보지 않고 도시에 다다르지. 집에 가까워질수록 점점 속도가 느려지고 있다는 것도 눈치채지 못하고. 수많은 자동차가, 갈수록 더 많은 차들이 아스팔트 위를 덮고 있다는 것도. 교통이 정체되어 몇시간 동안 오도 가도 못한 채 뜨거운 배기가스를 내뿜고 있다는 것도. 그이는 중요한 것을 보지 못해. 어딘가에서 불붙은 도화선처럼 마침내 느슨해진 실을. 이제 곧 분출되기 일보 직전인, 움직이지 않는 재앙을.

아르헨티나는 국제적으로 인정받는 걸출한 문인들을 다수 배출하면서 세계 문단을 선도해왔다. 당장 떠오르는 작가만 꼽아도 20세기 세계문학의 패러다임을 바꾼 작가이자 포스트모더니즘의 선구자로 평가받는 호르헤 루이스 보르헤스(Jorge Luis Borges, 1899~1986)와 아돌포 비오이 카사레스(Adolfo Bioy Casares, 1914~99), 환상문학의 대가 홀리오 코르타사르(Julio Cortázar, 1914~84)뿐만 아니라, 여성과 아이 같은 주변부 인물들을 악과 잔인성의 중심에 놓으면서 독특한 환상문학 세계를 구축한 실비나 오캄포(Silvina Ocampo, 1903~93), 권력과 욕망의

문제에 천착하며 자신의 외연을 넓혀가는 라틴아메리카의 대표적인 페미니스트 작가 루이사 발렌수엘라(Luisa Valenzuela, 1938~), 아르헨티나 군부독재 시대를 질병 또는 귀신을 통해 조망한 아나 마리아 슈아(Ana María Shua, 1951~) 등이 있으며, 이들의 작품은 국내에도 소개되어 있다.

오늘날 아르헨티나 문단은 1970년대생 작가들의 활약으로 또다시 부흥기를 맞고 있다. 그중에서 특히 두드러진 활동을 하고 있는 이들이 마리아나 엔리케스(Mariana Enríquez, 1973~), 베라 히아코니(Vera Giaconi, 1974~), 그리고 바로 이 작품의 저자 사만타 슈웨블린(Samanta Schweblin, 1978~) 같은 여성 작가들이다. 이들의 작품은 우리 일상의 이면에 존재하는 공포를 재현한다는 점에서 공통되지만 현실에 도사리고 있는 어둠의 그림자를 서로 다른 방식으로 그려낸다. 공포와 두려움이 사회적·실존적·역사적·정치적 차원의 이야기와 뒤섞여 독특한 분위기와 메타포를 형성하면서, 평온해 보이는 우리의 일상을 불안과 불확실성의 극단으로 몰고 간다.

특유의 간결한 문체로 은근하면서도 강렬한 서스펜스를 자아내는 작품들을 발표하며 특히 영미권에서 단연 가장 큰 주목을 받고 있는 사만타 슈웨블린은 국내에 처음 소개되는 작가로, 1978년 부에노스아이레스에서 태어났다. 어린 시절부터 사회적 인습에 의해 '정상적인' 범주로 여겨지는 것들에 의문을 품었으며 낯설고 기묘한 것에 매력을 느꼈다고 한다. 스스로는 자신의 작품 스타일에 가장 큰 영향을 미친 작가들로 청소년기에 읽은 사뮈엘 베케트(Samuel Beckett, 1906~89), 프란츠 카프카(Franz Kafka, 1883~1924), 디노 부차티(Dino Buzzati, 1906~72), 보리스 비앙(Boris Vian, 1920~59), 제수알도 부팔리노(Gesualdo Bufalino, 1920~96) 등을 꼽는다. 또한 아르헨티나 작가 중에서는 아돌포 비오이 카사레스, 훌리오 코르타사르, 안토니오 디 베네데토(Antonio Di Benedetto, 1922~86)를 특히 좋아한다고 한다.

사만타 슈웨블린은 일찍부터 문단에서 두각을 드러내며 많은 상을 받았다. 2002년에 첫 단편집인 『소란의 핵』(*El núcleo del disturbio*)을 출간해 아르헨티나 국립예술

기금상을 받았고, 2008년에는 두번째 단편집 『입속의 새』 (*Pájaros en la boca*, 2009)에 수록된 단편으로 라틴아메리카의 문학비평과 문화운동의 구심점이라 할 수 있는 '카사 데 라스 아메리카스'(Casa de las Américas)로부터 문학상을 받았다. 2010년에는 영국의 권위 있는 문예지 『그랜타』(*Granta*)에서 스페인어권의 가장 뛰어난 젊은 작가 22인에 선정되기도 했다. 2012년에는 단편 「운 없는 남자」 (Un hombre sin suerte)로 후안룰포상을 수상했다. 2014년에 발표한 첫 중편 『구조 거리』(*Distancia de rescate*)로 2015년 티그레후안상을 수상했으며, 2017년 영어판 『피버 드림』(*Fever Dream*)이 출간되어 인터내셔널 부커상 최종후보에 오르고, 뛰어난 공포소설에 주어지는 셜리잭슨상을 받았다. 이 작품은 베를린 국제영화제 금곰상 수상자인 페루 감독 클라우디아 요사(Claudia Llosa)에 의해 영화로 제작되어 2021년 넷플릭스에서 공개될 예정으로, 부에노스아이레스 대학교에서 영화와 시각미디어를 전공했던 슈웨블린이 직접 각색에 참여했다. 2015년에는 세번째 단편집인 『일곱채의 빈집』(*Siete casas vacías*)을 출간했다. 2019년에는 『입속의 새』 영어판(*Mouthful of Birds*)이, 2020년에는 독특한 상상력의 SF소설 『켄투키』(*Kentukis*, 2018)의 영어판인 『작은 눈들』(*Little Eyes*)이 출간되어 2년 연속 인터내셔널 부커상 후보에 오르는 이례적인 기록을 남기기도 했다. 그의 작품은 20여개 언어로 번역되었고, 단편이 여러 선집에 수록되고 있다. 이렇듯 사만타 슈웨블린은 현재 '아르헨티나의 새로운 소설'(nueva narrativa argentina) 세대를 이끄는 70년대생 작가군의 대표 주자이며, 앞으로의 활동이 더욱 기대되는 문인이다.

『피버 드림』은 사만타 슈웨블린의 이름을 전세계 독자들에게 각인시킨 그의 대표작이다. 영어판에서 제목을 따온 이 책의 스페인어 원제는 앞서 썼듯이 '구조 거리'(Distancia de rescate)이다. 구조 거리는 주인공 아만다가 딸 니나가 위험에 노출될 경우 딸을 구하러 갈 수 있는 최단거리를 가리키며, 소설 속에서 끊임없이 거론되는 주요한 모티프이다. 이 작품은 병원에서 죽어가는 젊은 여자 아만다와 다비드라는 소년의 대화만으로 이루어진다.

이야기가 진행되는 배경은 아르헨티나의 어느 시골이다. 아만다와 그의 어린 딸 니나는 여름휴가를 보내기 위해 시골에 오자마자 이해할 수 없는 비극적인 사건들에 직면한다. 그곳은 기형아로 가득하고, 동물들이 원인 모를 떼죽음을 당한다. 이 마을의 재앙, 즉 중독, 질병, 죽음의 원인을 탐색하기 위한 아만다와 다비드의 대화는 크게 두가지 질문으로 구성된다. 바로 벌레가 생기는 결정적 순간이 언제인지와, 아만다의 딸이 어디에 있느냐. 이에 대한 대답을 얻기 위해 두 인물은 아만다가 병원에 도착하기까지의 사건들을 되짚는다.

소설 속에서는 남자들이 드럼통을 옮길 때 생기는 듯한 '이슬'이 결정적 순간과 결부되어 있으리라는 점이 암시되지만, 등장인물은 마을의 비극이 초자연적인 힘 때문에 발생한 것이라고 생각하며 공포와 불안에 시달린다. 슈웨블린은 "문학에서는 말해지지 않는 것이 때로는 이야기의 가장 핵심적인 부분이다"라고 말한다. 이와 같은 생각을 반영하듯 이 작품은 비극의 원인을 직접적인 방식으로 밝히는 대신 일련의 비극이 환경에서 기인하며, 환경문제는 언제 어디서든 우리 삶을 위협하고 여기에서 자유로운 사람은 없다는 점을 미스터리 형식으로 제시한다.

아르헨티나는 소가 사람보다 많은 목축업 국가로 잘 알려져 있지만 세계적인 농업 대국이기도 하다. 특히 대두(大豆)의 경우 생산량이 미국, 브라질에 이어 세계 3위이며, 그중 90퍼센트 이상이 유전자 변형·조작(GMO) 제품이다. 대두의 생산성을 높이기 위해 농약이 오랜 기간 무분별하게 살포되어온데다 1996년부터 농약에 내성이 있는 유전자 변형·조작 콩을 생산하면서 농약 남용의 부작용이 속출했다. 2013년 우리나라 일간지에도 '아르헨티나 다섯살 '점박이' 소녀 논란, GMO 때문?'이라는 자극적인 제목으로 관련 사실이 소개되기도 했다. 실제로 슈웨블린은 무분별한 살충제 살포와 그로 인한 환경오염에 대한 문제의식에서 이 작품을 구상하게 되었다고 밝힌 바 있다.

슈웨블린의 작품 전반을 관통하는 일관적인 정서는 두려움(miedo)이다. 상실에 대한 두려움, 고독에 대한 불안, 고통에 대한 공포, 소통의 부재에 대한 두려움 등이 다양

한 방식으로 제시된다. 가족 구성원, 특히 부모와 자식 간에 느끼는 두려움 또한 반복적으로 등장한다. 그 이유를 슈웨블린은 이렇게 설명한다. "가족은 우리에게 가장 가까운 환경이다. 그래서 기묘한 것, 비정상적인 것, 위험한 것이 우리의 가장 작은 사회적 단위인 가족을 덮칠 때 모든 것이 훨씬 더 무시무시해진다." 공포와 두려움이 작품의 근간을 이루는 것은, 슈웨블린이 공포야말로 인간 내면의 깊은 곳에 내재한 가장 근원적이고 본질적인 감정이라고 보기 때문이다.

작가가 명확한 설명을 제시하지 않은 채 여러 단서들을 통해 암시하는 방식으로 이야기를 전개하기 때문에, 이 소설을 읽는 독자들은 계속해서 이야기의 암시와 여백을 해석하느라 마치 추리소설을 읽는 듯한 긴장감을 느끼게 될 것이다. 호흡이 짧은 이야기를 간결한 문장으로 속도감 있게 진행함으로써 독자를 끌어당기기 위해 슈웨블린은 초고를 열두번이나 고쳐 썼다고 한다. 이렇듯 매력적인 작가를 한국에 처음으로 소개하게 되어 진심으로 기쁘게 생각한다. 번역본 출간을 앞둔 지금 특히 감사드리고

싶은 사람이 있다. 늦어지는 원고를 끈기 있게 기다려주
고 세심하게 살피면서 더 나은 표현을 제안해준 창비 편
집부 양재화 씨 덕분에 많이 배울 수 있었다. 꼼꼼하게 번
역하고자 노력했지만 그럼에도 불구하고 발생한 오역은
전적으로 역자의 몫이다.

조혜진

피버 드림

초판 1쇄 발행 / 2021년 3월 15일

지은이 / 사만타 슈웨블린
옮긴이 / 조혜진
펴낸이 / 강일우
책임편집 / 양재화
조판 / 한향림
펴낸곳 / (주)창비
등록 / 1986년 8월 5일 제85호
주소 / 10881 경기도 파주시 회동길 184
전화 / 031-955-3333
팩시밀리 / 영업 031-955-3399 편집 031-955-3400
홈페이지 / www.changbi.com
전자우편 / lit@changbi.com

한국어판 ⓒ (주)창비 2021
ISBN 978-89-364-7853-7 03870